Laura Calosso

Ma la sabbia non ritorna

SOCIETÀ EDITRICE MILANESE

Ma la sabbia non ritorna
di Laura Calosso

ISBN 978-88-93-90309-7

www.semlibri.com

A chi cerca la verità

I personaggi e i fatti qui narrati sono immaginari,
è autentica invece la realtà sociale
e ambientale che li produce.

da *Le mani sulla città*, regia di Francesco Rosi

Non poteva più vivere senza sapere e, soprattutto,
non poteva morire senza sapere.

Beppe Fenoglio, *Una questione privata*

E la ragazza si era alzata come per andare a uccidersi
a sua volta, a buttarsi a sua volta in mare e poi aveva
pianto, perché aveva pensato all'uomo di Cholen,
e tutto a un tratto non era più sicura di non averlo
amato, solo che quell'amore non l'aveva visto, perché
si era perso nella storia come acqua nella sabbia...

Marguerite Duras, *L'amante*

Il camion è rosso e ha sul radiatore un mosaico di luci a forma di croce.

Oggi però è sporco, grigio, ricoperto dalla polvere della cava. Il cassone posteriore è pieno di sabbia, quintali di sabbia destinati a diventare palazzi, ponti, autostrade. Dalla cava si vede il mare. Il sole di giugno riluce sulla cresta bianca delle onde, che il vento accende e spegne cambiando direzione.

Dal cassone spunta fuori una manina, si aggrappa alla ribalta e poi sparisce. Il camion sale e scende dalle dune. A ogni discesa il carico sobbalza e una risata di bimbo riecheggia. La superficie della sabbia è calda. Il bimbo ci si è steso sopra e osserva il cielo. Aspetta con ansia l'aereo che ha attaccato alla coda lo striscione della pubblicità.

A ogni curva il motore arranca, il camion si sbilancia sul ciglio dei fossati, si inclina, e poi torna in equilibrio come succede alla vita nei film.

Il vento che soffia dal mare solleva i granelli di sabbia nel cassone, facendoli mulinare nell'aria. Il bambino ride e fa capriole. Rotola su e giù, galleggia sulla superficie, sembra senza peso. Oggi compie quattro anni.

A un tratto il camion sbanda, il bambino si aggrappa alla

ribalta che però gli sfugge, grida qualcosa di incomprensibile e una tosse improvvisa lo zittisce.

Sul sentiero le ruote sobbalzano. Lo sterrato si sfarina come la scia di una cometa. Nella nuvola di polvere il bambino alza la testolina, la scuote, i capelli sono diventati bianchi. Ha gli occhi rossi e sputa saliva. Con le manine cerca di arrampicarsi, ma la ribalta ora è troppo in alto per lui.

Le ruote slittano ancora sul terreno, il camion frena e il cassone si solleva, poi ricade con un tonfo sordo. In una frazione di secondo il carico scivola verso la motrice, si accumula, cresce, è una montagna, è l'onda di uno tsunami che si ripiega all'indietro, precipita, dilaga sul fondo del cassone, soffocando un gemito.

Il bambino respira ancora quando sparisce sotto quintali di sabbia. Oggi ha compiuto quattro anni.

L'uomo alla guida ha il braccio fuori dal finestrino, fischietta il ritornello di una canzone volgare e ripete alcune strofe a squarciagola. Il camion percorre a velocità sostenuta un tratto di dune che costeggia la spiaggia. Gli pneumatici incidono sul terreno piccole croci e tagliano in due i cespugli di elicriso che ricoprono il suolo. Quando il veicolo raggiunge lo spiazzo al centro della cava, si ferma. L'uomo scende e sbatte lo sportello con forza. Sputa a terra. Si passa una mano sulla fronte scura e sudata, poi la strofina sui pantaloni. Raggiunge il retro del camion imprecando.

«Luigi, scendi che ho caldo» grida sbottonandosi la camicia. «Luigi! Dai!»

Sullo spiazzo della cava, nella canicola del primo pomeriggio, lo stridio delle cicale è l'unico suono. L'uomo sbuffa, si passa di nuovo le mani sulla fronte lucida. «Luigi! Se non scendi, ti lascio lì dentro!»

C'è un odore nauseabondo nell'aria. L'ala rosicchiata di un gabbiano spunta da un cespuglio grigiastro.

L'uomo fissa il rimorchio e aspetta qualche secondo, poi

fa un gesto stizzito. «Vai al diavolo!» dice, e si allontana storpiando la rima più volgare della canzone.

Sotto il sole cocente il camion è un grosso animale stordito.

L'uomo tossisce e cammina verso l'ombra di una tettoia. A un tratto si volta. Fissa il rimorchio. Si toglie la camicia, la arrotola e se la passa dietro la nuca. Si asciuga la fronte. Sputa a terra e poi torna a fissare il cassone del camion. Fa un passo in avanti, poi un altro. Si ferma. Resta a gambe divaricate e mani sui fianchi.

«Luigi!» grida. «Adesso vedrai quante te ne prendi!»

Non riceve risposta.

Nel cielo passa un aereo con un lungo striscione pubblicitario legato alla coda. Il mare è dietro le dune, e da qualche anno le spiagge anche a giugno sono affollate di bagnanti che comprano creme solari della stessa marca stampata sulla pubblicità.

L'uomo segue l'aereo con lo sguardo, poi sembra risvegliarsi da un sogno. Getta la camicia a terra e si muove verso il camion con passo deciso. Continua a fissare il rimorchio come se all'interno si nascondesse un nemico.

«Luigi!» grida avvicinandosi. «Luigi! O scendi o ti ammazzo!»

Poi a un tratto si ferma. Si toglie una scarpa e la lancia contro la ribalta. Fa ancora due passi in avanti, senza far caso al pietrisco che gli ferisce la pianta del piede nudo. «Luigi!» grida di nuovo, ma stavolta l'urlo è meno deciso.

L'uomo è immobile. All'improvviso sembra incapace di procedere. Barcolla incerto, tenendo sollevato il piede senza scarpa. «Luigi» sussurra, spingendo la testa in avanti con la speranza di cogliere una risposta. «Luigi» ripete, alzando la voce e facendo ancora un passo. Silenzio. Allora l'uomo si lancia verso il camion, le mani affondate nei capelli. «Luigi!» grida, battendo forte i palmi sul cassone. Adesso sbava, un rivolo di saliva gli scende dalla bocca mentre con un balzo si arrampica sulla ribalta chiusa. «Luigi!» grida ancora, ma la voce è stridula, rauca, i piedi immersi nella sabbia calda che lo inghiotte imprigionandogli le gambe. A ogni movimento scomposto affonda un po' di più. È una palude asciutta la tomba di suo figlio.

Riesce ad aggrapparsi alle sponde, riemerge, grida: «Venite! Aiuto! Venite!».

L'urlo è un vetro spezzato, taglia l'aria densa, giunge fino a un enorme mucchio di sabbia ai margini dello spiazzo. Un operaio a torso nudo, scuro, lucido come il cuoio, spunta fuori con una pala in mano.

«Venite! Aiuto!» L'uomo sul camion non smette di gridare. Dal pulviscolo emerge un secondo operaio. Anche lui ha addosso solo un minuscolo paio di calzoncini che quasi non si vedono, coperti dal suo ventre debordante. Corre ansimando, mentre attraversa il piazzale della cava con un badile in mano.

«Capo! Cosa succede, capo?»

«Madonna!» urla l'uomo che adesso spunta dal cassone con tutto il busto. È irriconoscibile sotto la maschera di sudore e polvere. Le mani sono raggrinzite e la pelle intorno alle unghie sanguina. Ha scavato, ha rovistato nella sabbia. «Madonna» ripete adesso sottovoce. «Aprite! Aprite la ribalta! Tiriamolo fuori!»

I due operai si scambiano uno sguardo. Restano imbambolati per qualche istante.

«Aprite!» grida allora a squarciagola l'uomo sul camion. «Aprite! Aprite! Tiriamolo fuori!»

Gli operai si piazzano sui due lati del camion, sganciano i fermi che bloccano il cassone.

L'uomo imprigionato nella sabbia resta aggrappato con tutte le sue forze al bordo. La ribalta crolla a terra con un rumore di ferraglia.

La sabbia scivola sul piazzale come l'onda di un mare grigio. Si riversa al suolo allargandosi intorno al camion. In quel deserto c'è qualcosa di rosso, sembra uno straccio.

L'uomo intanto è riuscito a saltar giù. Raggiunge lo straccio e lo afferra. Ora tra le braccia ha un bambino.

Gli operai arretrano, si guardano senza dire una parola. Questa volta nei loro occhi c'è terrore.

«Dobbiamo portarlo nella cava» dice l'uomo che tiene in braccio il bambino. Intorno alla bocca gli si è rappresa una bava bianca, somiglia a panna, quella che ha mangiato dopo pranzo per festeggiare il compleanno di Luigi.

«Cercate un buco! Cercate un buco per metterlo dentro!» farfuglia, sputando la sabbia che ha in bocca.

Gli operai sono sgomenti, sotto il sole implacabile. Negli occhi hanno una luce sinistra. La luce della paura.

1

La donna cammina verso la luce, raggiunge la strada che corre lungo la spiaggia, entra in un locale che ha le vetrine coperte da carta rossa. Sono le otto della sera. È mercoledì. Sul pavimento, al suo passaggio, cadono granelli di sabbia.

«È la donna della sabbia» dice sottovoce la cameriera all'uomo grassoccio seduto alla cassa. «Tavolo 8.» Lui scrive "8" sopra un pezzetto di carta bruna e lo infilza sullo spillone delle ordinazioni dove ha impilato altri foglietti.

Spaghetti di riso con verdure. Il tavolo 8 ordina "Spaghetti di riso con verdure" ogni mercoledì.

La donna, in attesa del suo piatto, ha l'abitudine di scarabocchiare il tovagliolo di carta su cui sono appoggiate le posate. *Abbiamo costruito sul bordo dell'oceano e...* L'inchiostro nero penetra nella carta e i bordi delle parole si slabbrano. Stasera la donna lascia alcuni spaghetti sul fondo del piatto e prima di alzarsi li fissa per qualche istante, come fondi di caffè da cui attende risposte. Entra sempre sola nel ristorante, mangia sempre sola al tavolo 8, quello nell'angolo.

La donna si alza e altri granelli di sabbia cadono sul pavimento che ha le piastrelle sbiadite.

L'uomo grassoccio alla cassa ha mandato a memoria il menu. Mentre la donna si avvicina, lui annota il totale su un foglietto che stira con il palmo della mano sul piano del bancone. La donna infila in tasca una mano, estrae alcune monete e per contarle le appoggia sulla testa in rilievo di un dragone rosso.

Fuori non c'è più luce. È ottobre. Non si distingue il cielo dal mare.

«Sul bordo dell'oceano...» La donna ripete a bassa voce la frase, camminando sul marciapiede con la borsa dei libri a tracolla, come il matto del suo paese. Da piccola lo vedeva passare per le vie, sempre solo, con un borsone. Per fargli dispetto, i ragazzi glielo riempivano di sassi. Ma ora non vuole ricordare quella storia. Quando si affaccia sopra l'alta muraglia che tiene lontani i pensieri nocivi, la ricaccia indietro. Non sempre è riuscita a tenere a bada il passato, però adesso si sforza. Sa che i ricordi possono ammassarsi a tradimento e sbucare fuori tutti insieme. Sa che potrebbe soccombere, se succedesse. Lei li avverte come fossero solidi, percepisce il loro peso quando si muovono nella sua testa, fino a sbilanciarla, fino a farle perdere l'equilibrio.

Gira la chiave nel portone di casa e la nausea la tormenta. Si siede sul gradino per recuperare le forze. Non è colpa degli spaghetti, è un'altra faccenda. Poi entra nell'androne. Preme il bottone dell'ascensore. Sale. Si chiude la porta alle spalle. Toglie le scarpe e resta a piedi nudi. Cammina lungo il corridoio illuminato da un abat-jour. Tutto è come l'ha lasciato prima di uscire, e questo è ciò che distingue le persone sole dagli altri. Poggia le chiavi vicino al vaso di porcellana blu, in cui non ci sono fiori da parecchio tempo.

Nello studio apre un cassetto della scrivania, dove ha riposto i taccuini per appunti su cui non scrive più da sei mesi. Li tira fuori. Toglie l'elastico che li tiene insieme. Ne apre uno, lo sfoglia e lo richiude subito. Rimette l'elastico intorno al plico e lo appoggia sul piano della credenza nel corridoio.

Dalla camera da letto viene un profumo intenso di ambra. Appoggia la borsa sulla coperta azzurra, la osserva affondare lievemente nella stoffa. Poi si volta verso la parete.

Nello specchio è riflessa una figura alta, con i capelli bruni che ricadono sulle spalle, un velo di rossetto e un'espressione stanca. Porta un impermeabile stretto da una cintura e un paio di jeans con una libellula cucita sulla tasca posteriore. Sul bordo della tasca è ricamata una E.

Prima degli spaghetti di riso del mercoledì, prima dell'appartamento piccolo ma pulito in cui regna un ordine perfetto, Elena viveva con i suoi due fratelli, la madre e il padre in una casa non lontana dalle dune. È una casa bassa, addossata a una collinetta, con il tetto spiovente che pare abbia preso un pugno su un lato. È una casa scialba, sempre invasa dalla sabbia, una patina di polvere copre gli arredi. La madre usa la scusa della sabbia per non pulire. «Tanto è inutile» dice alzando le braccia al cielo con un'espressione tra la resa e l'improvvisa liberazione da un fastidio.

La famiglia di Elena non era povera, ma ha vissuto come se lo fosse. Erano poveri nei gesti, nelle parole, poveri per il loro modo trasandato di stare al mondo.

Prima che il fratello piccolo ci morisse, il padre aveva fatto i soldi con la cava, vendendo tonnellate di sabbia ai costruttori. Si alzava la mattina quando era ancora buio. Muovendosi per la casa, faceva rumore: rovistava tra gli utensili nella sua borsa da lavoro e batteva la suola delle scarpe contro il muro per liberarle dal fango indurito. Non era grossolano per sbadataggine, le cattive maniere avevano un significato più profondo. Volevano dire: "Io lavoro mentre voi dormite. Io produco, mentre voi siete una zavorra senza alcun valore".

In pochi anni le dune intorno a casa sono scomparse. Erano fatte di sabbia, vero e proprio oro per tutti quelli che si sono arricchiti con la costruzione di nuovi mondi in riva al mare. Le dune erano parte di un universo primordiale, cancellato da colate di cemento. Erano il prima di un dopo in cui "costruzione" non può prescindere da "distruzione". A ogni duna che spariva la gente del litorale era un po' più ricca ma anche molto più povera. Povera perché in casa si parlava solo di soldi. Povera perché le dune erano la protezione dal mare, preziose barriere difensive distrutte in nome di quell'idea fissa di diventare ricchi. Soprattutto il padre di Elena. Parlava sempre di soldi e di sabbia. Per lui "sabbia" voleva dire bella vita. A ogni stagione comprava un camion più grande. Elena ne ricorda uno rosso, che sul radiatore aveva un mosaico di luci a forma di croce. Il sabato sera lo parcheggiava, ben lucidato, sul marciapiede di fronte alla balera del paese. Nel locale lo aspettava sempre una donna diversa, con la fame di denaro negli occhi.

In paese tutti sapevano che aveva molte amanti, amanti da quattro soldi, ma comunque tante. Per questo la madre di Elena aveva smesso di farsi vedere in giro e di pulire la casa. O forse aveva smesso quando era morto il bambino, seppellito due volte dalla sabbia.

L'incidente succede in un pomeriggio di giugno. La strada sterrata davanti a casa sembra tremolare per la calura. Il padre porta il bambino alla cava. È un bambino vivace. Troppo vivace, dice il padre, troppo irrequieto. Lo fa scendere dal camion e poi lo lascia sul piazzale della cava per un minuto, giusto il tempo di smontare a sua volta e non trovarlo più. Un'ora dopo lo ripescano da un buco gli operai, due uomini che parlano in dialetto e d'estate sono scuri come cuoio.

«È caduto in un buco» dice il padre quel giorno. «La sabbia l'ha sepolto vivo.»

Il fratello di Elena era morto "in circostanze misteriose". Così si diceva in paese. Il padre però raccontava la sua versione con insistenza, aggiungendo particolari ogni volta più convincenti. E poi c'erano i testimoni. Gli operai avevano visto e l'avevano giurato davanti al giudice.

Quel pomeriggio alla cava arrivano tante macchine, che ripartono poco dopo sollevando nuvole di polvere. Elena, dall'alto della collinetta, le osserva. È abituata a vedere auto dirette alla cava quando nuove imprese edili piazzano in zona le baracche prefabbricate per i muratori. Qualche mese dopo l'arrivo di quelle auto, come sintomi di una malattia che ha bisogno di incubazione spuntano all'orizzonte le gru e, poco dopo, i tetti di nuove case, di alberghi, edifici progettati con stile ogni volta diverso, forme disparate che sbucano all'improvviso dal paesaggio marino, come una coltellata.

Elena è là anche quel giorno, in cima alla collinetta dove va tutti i pomeriggi dopo la scuola. Ha sei anni, ha fatto la prima elementare. Indossa il grembiule rosa con il fiocco, la divisa delle femmine. Lei va a scuola, e tutti devono saperlo, perché a casa nessuno ha studiato.

Il fratello piccolo compie quattro anni. Per questo il padre l'ha messo nel cassone del camion. È il suo regalo. Al bambino piace affacciarsi dal rimorchio e prendere l'aria fresca sulla faccia mentre il camion sale e scende dalle dune.

Elena è là, seduta tra i pochi ciuffi d'erba del prato. L'odore della terra si mescola al profumo dolce dei tigli che arriva dai viali lontani della città.

Elena piange perché è successo di nuovo, succede ogni anno alla conclusione dell'anno scolastico. Per festeggiare la fine della scuola, il fratello più grande brucia i capelli di una delle sue bambole. Stavolta se l'è presa con Mokita, la bambola con cui Elena dorme. Quando la mostra a suo padre, bruciacchiata e senza capelli, lui si mette a ridere. Ride in modo sguaiato. Ride della bambola e ride di sua figlia, dei suoi sentimenti, tutte cose inutili che vanno bruciate per il suo bene, dice il padre, se vuole crescere forte, capace di difendersi dai lupi che troverà fuori casa il giorno in cui la lascerà per sempre.

L'unica volta che suo padre non ride è al funerale del bambino, quando la bara bianca scende nel suolo sabbioso del cimitero. Non ride, controlla. Prima di uscire dalla chiesa prende da parte Elena, la madre e il fratello grande. «Non dovete piangere» dice. «Luigi è in Cielo e non voglio vedere lacrime.» Obbediscono. Di fatto obbediscono sempre, contro ogni ragione, contro ogni dolore.

Elena ha sei anni, la madre ventotto. Elena non le perdona quell'obbedienza silenziosa, quel suo restare composta nella fotografia che li ritrae sui gradini della chiesa, con la bara del fratello davanti e una coda di pettegolezzi cattivi alle spalle.

Ma prima che arrivi quel giorno, prima della penombra nella chiesa fresca d'incenso, Elena ha già fatto scorta di lacrime. Sta piangendo quando il fratellino muore, ne è sicura. Non l'ha visto morire, il padre non le ha mai detto cosa è successo veramente, ma è certa che mentre Luigi viene seppellito dalla sabbia della cava, mentre lui muore, lei piange. Lo aspetta per ore sulla collina. Non arriverà. Piange per la bambola bruciata e per se stessa, lassù, sola, con indosso il grembiulino delle elementari, piange perché, se non troverà il coraggio di scappare, sarà destinata a una vita arida.

2

Abbiamo costruito sul bordo dell'oceano e... Ha scritto questa frase circa un anno fa, sul taccuino che usava per annotare gli appunti. Ne compra uno nuovo a ogni servizio. Ogni inchiesta corrisponde a un periodo della sua vita, o forse è meglio dire che la sua vita prende il colore dell'inchiesta del momento, come un camaleonte obbligato a mutare di continuo. Cambiano i luoghi, le persone, i fatti, e lei si adatta ai cambiamenti. L'unica costante sono i taccuini, li compra sempre nello stesso negozio vicino a casa. Lo gestisce una signora di bassa statura con i capelli maculati. Sono in vendita anche pentole, ciabatte e veleno per i topi in cialde. Si trova all'angolo con una strada di periferia che di notte si trasforma, si riempie di volti diversi da quelli che si vedono di giorno, e diventa un mondo a sé.

Abbiamo costruito... Elena lo ha scritto troppo tempo fa. Può succedere di arenarsi, capita di iniziare con entusiasmo la raccolta di notizie e poi scoprire che non portano da nessuna parte. Ma stavolta è diverso.

Niente è garantito per una giornalista freelance, non esiste la sicurezza del risultato. L'incertezza e la paura sono sempre state una fonte di adrenalina per il suo lavoro, ma adesso ha un blocco. Da una settimana si siede alla scrivania, accende il computer, apre un file e inizia a cancellare ciò che ha scritto il giorno prima. È snervante al punto che, se avesse a portata di mano delle cialde di topicida, potrebbe valutare l'ipotesi di inghiottirne alcune. Non è la prima volta che fatica a concentrarsi, ma non è mai arrivata a un punto simile. Non è più preoccupata dei pericoli che corre andando a caccia di informazioni delicate, è abituata a scontrarsi con gli interessi di qualcuno che alla prima occasione cerca di fargliela pagare. Lo accetta, l'ha messo in conto. Di recente a tormentarla è l'apatia, sempre che apatia sia la parola giusta da usare nel suo caso.

«Cosa se ne fa di tutti questi taccuini?» le ha chiesto ieri la signora maculata, mentre li infilava in un sacchetto di carta.

«Li uso per lavoro.»

«Che lavoro?»

«Scrivo...»

La signora dietro al banco ha alzato le spalle, poi ha chiuso il sacchetto con un pezzo di scotch. «Scrive cosa?» ha domandato porgendole il pacco.

«Annoto gli appuntamenti con il parrucchiere.»

Il nemico non è solo chi ti ostacola, pensa Elena, ma l'indifferenza del pubblico, la mancanza di una reazione attiva a ciò che passa in tv. Più la gente assiste a disastri e meno reagisce; è un via libera per i criminali. E poi, se gli ascolti si abbassano, anche le trasmissioni di inchiesta rischiano di chiudere. Il suo mestiere non serve più a niente, Elena se lo ripete spesso, per esempio quando anticipa il denaro necessario per girare i video, o quando si accorge che nei servizi in tv il pubblico cerca lo spettacolo, come se non si trattasse di realtà ma di fiction. "Preferisco guardare un film. C'è più azione" ha scritto sui social un tizio che si lamentava per la qualità delle immagini di un reportage girato con telecamera nascosta.

Oggi sulla scrivania ha la bolletta del telefono, un post-it con l'importo dell'affitto di casa e l'avviso di un'assicurazione in scadenza. Ci poggia sopra una cartellina rossa in modo da coprirli e non vederli più. Poi apre un file sul computer e inizia a copiare gli appunti che ha segnato su un foglietto. Scrive e cancella. Passati alcuni minuti si alza, spalanca la finestra, si siede di nuovo alla scrivania e, invece di proseguire il lavoro, apre una schermata verde, inserisce le credenziali, chiude gli occhi per qualche secondo e, quando li riapre, si trova faccia a faccia con il saldo del suo conto corrente. È questo il prezzo di un mestiere che non ha più nulla di sicuro. Ti permette di vivere solo se dimentichi di avere una vita, solo se non fai più caso all'angoscia quotidiana di perderla.

Ha sbagliato, non doveva fare quell'operazione. Non al mattino presto, non prima di mettersi al lavoro. Il link al sito della banca andrebbe eliminato. Se l'ansia prende il sopravvento la giornata è persa. Ha sbagliato e non è la prima volta che commette questo errore. D'ora in poi persino la misera cena al ristorante cinese le sembrerà un lusso. Ma a quella non può rinunciare.

Ha un blocco, ormai è evidente. Ma non solo. C'è dell'altro stavolta, ha a che fare con una faccenda più complicata del solito. Elena sta affrontando una questione privata, la sua questione personale.

Non è vero che le mancano i dati per il nuovo servizio. Sotto quell'aspetto è tranquilla. Ha già trovato tutto ciò che serve: informazioni, immagini, una lista di nomi per le interviste. Ha così tanti dati da riempire intere stanze di taccuini. Il problema è proprio questo, ha troppi dati e sa che sono corretti.

Questa inchiesta non è una fra le tante, è il motivo per cui a diciotto anni Elena ha lasciato casa senza più farvi ritorno. Ci pensava già sei mesi prima, un pomeriggio di marzo in un salone pieno di fiori. Un suo collega presentava un libro davanti ai flash dei fotografi.

Elena è là, ha deciso di andarci con i capelli stretti in due trecce. È una pettinatura da dodicenne, forse un po' ridicola. Eppure è in prima fila, con le trecce e un paio di occhiali dalla montatura sottile. Li mette ogni tanto, anche se le lenti sono solo due vetri, perché le serve una maschera. È là, in prima fila, e il profumo dei fiori è così intenso che le pare di svenire, come ieri davanti allo specchio della sua camera, come ogni mercoledì sera in cui le pesa ritrovarsi sola.

Non è vero che non è più in grado di fare il suo mestiere. Da parecchio tempo ormai si racconta bugie. Non è incapace di fare ciò che deve. È molto peggio di così. Stavolta fare ciò che deve significa completare il progetto di autodistruzione che ha avviato quando ha lasciato casa sua senza un saluto. Ha voltato le spalle alla famiglia senza battere ciglio. Autodistruzione, sì. Non trova parola più adatta di questa. La può comprendere solo chi sa cosa significhi vivere contro se stessi. Elena vive contro se stessa perché ha rinnegato le proprie radici. Ha tagliato i ponti con tutto, eppure nella sua testa è sempre là, sulla collinetta davanti alle dune di sabbia, nel fulgido mondo selvaggio quasi del tutto scomparso. È là in quel pomeriggio di giugno, e soffre, allora come oggi, che ha perso anche Fabio.

3

«Si chiama elicriso» dice l'uomo, mentre Elena guarda i fiori gialli e allunga la mano per accarezzarli.

La sala è così affollata che lei vorrebbe correre fuori, all'aperto, per respirare un po'. Nel palazzo antico che ospita la presentazione c'è un lungo corridoio di specchi, un ingresso tappezzato da cornici dorate e piccoli quadri con quieti paesaggi agresti.

«Elicriso...» ripete l'uomo che deve aver scambiato la sua insofferenza per distrazione. Forse lei non lo ha sentito e quindi ripete di nuovo: «Elicriso».

Elena osserva i fiori. L'uomo sta finendo in fretta di sistemarli perché al termine della presentazione il pubblico invaderà quella stanza per l'aperitivo. Sembrano fatti di carta. «Sì, elicriso,» conferma Elena toccando i petali «lo conosco. Ce n'era al mio paese.»

«Non è di qui?» chiede l'uomo strizzando gli occhi di un azzurro vivo che contraddice la voce flebile con cui ha pronunciato la domanda.

«I Greci erano affascinati dal giallo dell'elicriso, per loro era una pianta immortale. Simboleggia l'amore.» Elena parla senza alzare lo sguardo dai fiori. Non sa come le sia venuta fuori una frase così, da tema di scuola elementare. È un modo infantile per distogliere l'attenzione da lui. È sorpresa dal disagio che prova. Da piccola si sentiva sempre fuori posto, ma di recente non più. È il suo lavoro ad averla cambiata.

Resta con lo sguardo fisso sui fiori. Ostenta attenzione ai dettagli. Cerca di evitare il colloquio senza essere scortese. Arriveranno altre domande, e a lei le domande non piacciono. Ne fa molte ma non ama rispondere. Così muove un passo indietro per allontanarsi e con la mano accenna un saluto. Sente lo sguardo dell'uomo alle spalle. Non si volta. Affretta il passo per raggiungere l'uscita. Gli occhi chiari sono ancora su di lei quando imbocca il corridoio di servizio, sembrano volerla trattenere.

Davanti all'ingresso c'è una porta aperta che conduce al corridoio principale e sbuca nel salone dove la presentazione non è ancora terminata. Elena raggiunge la soglia, molte persone sono in piedi, appoggiate al muro, e ascoltano Cesare, il responsabile del programma, che sta per concludere il suo discorso introduttivo. Parla del lavoro dei suoi giornalisti, della fatica e dei dispiaceri a cui spesso vanno incontro, ma insiste sui successi. Non dice nulla riguardo all'impressione sempre più radicata in tutti quanti che lo sforzo non serva a risvegliare il senso civico. Sopra la tavola dei relatori incombe un soffitto coperto da stucchi, massicce figure in rilievo che raccontano un mito di caccia. A Elena sembra che pure gli occhi dei suoi colleghi siano tristi. Anche loro, come lei, vivono di disillusioni, ma se hanno la capacità e la fortuna di trovare conferme a una ipotesi di inchiesta, possono riaccendersi all'improvviso di passione per il loro mestiere, provando l'emozione di sentirsi divinità capaci di miracoli, compresa l'improbabile salvezza del mondo.

Elena ascolta il discorso di Cesare appoggiata a una credenza con motivi floreali decorati in oro. Non sta dicendo cose false, ma evita di dire quelle vere, quelle di cui parlano tra loro quando la battaglia non è solo mettere a punto le inchieste, ma schivare le bordate della politica che a ogni messa in onda le prova tutte per far chiudere la trasmissione. Anche due anni fa Cesare ha pronunciato un discorso simile. Nello stesso salone Elena presentava il suo libro, la versione scritta di un lavoro che l'ha esposta ad attacchi feroci, comprese cause legali che probabilmente vincerà ma che sono ancora in corso. È così che cercano di fermarli. Contro i giornalisti si scatenano avvocati che chiedono soldi, pretendono il risarcimento di danni inesistenti. Avvocati e criminali affollano i sogni di Elena, rendendoli incubi.

Non aveva le trecce due anni fa, non aveva neppure il cinismo di oggi. La donna di allora è in apparenza la stessa, però è cambiata la luce nei suoi occhi. Il profumo di fiori le ricorda quando dal palco guardava la prima fila, la sedia vuota di Marco, un collega a cui deve tanto. La loro relazione è stata in equilibrio per quasi quindici anni, nonostante la vita girovaga di entrambi, nonostante l'assenza di una casa comune, nonostante il tempo che li ha divisi, nonostante tutti i nonostante e altro ancora che neppure lei sa più dire.

4

«Lo vedranno chi sono.»

Sulla collina Elena lo ripeteva ogni sera. Era il rituale prima della battaglia.

Ripensa spesso a quella frase pronunciata allora con un misto di rabbia e speranza. Ci ripensa soprattutto adesso che è grande. Da bambina credeva che i grandi non avessero problemi, che esistesse una linea di demarcazione oltre la quale si capisce tutto, si risolve tutto. Ignorava a che età accadesse un simile prodigio, ma dava per certo il risultato. Diventare adulta era un traguardo dopo il quale i tormenti si spegnevano e tutti i tasselli, prima disordinati, occupavano il loro posto. Ci avrebbe giurato.

Rivede la luce radente che raggiunge il prato sulle colline a ovest. Il sole scende lento, risucchiato da una notte chiara. Si accendono le prime stelle.

«Lo vedranno chi siamo noi due!» ripete Elena, stringendo la bambola al petto e voltandosi di tre quarti. Ruota la testa di lato, segue qualcuno con lo sguardo. «Ora siediti qui vicino» dice sistemandosi il grembiule e assumendo una postura rigida da foto marziale. «Sei tutto macchiato di sugo. Non puoi lavorare così tanto la notte. Mi prometti che non ti ammalerai laggiù, nella cucina?»

Davanti a lei non c'è nessuno. "Parla a un fantasma" avrebbe detto chiunque fosse passato di lassù.

Il profumo dei tigli è forte, è sempre così in giugno, quando le giornate sono lunghe e dalla casa di Elena, assalita dai rovi e dai ragni, non vengono voci. Le capre di suo padre sono al pascolo, lontane, piccole sagome all'orizzonte. Quando il cielo è sereno si vede il mare.

Elena sta aspettando il suo fratellino, è certa che arriverà presto. Anche lui parla con quel "fantasma", e riesce persino a vederlo. Oggi il fratellino compie quattro anni. È piccolo ma sa cavarsela da solo, somiglia a un animaletto notturno.

«Non ti devi ammalare» dice Elena guardando il bambino seduto in un punto del prato dove l'erba schiacciata è più verde. Nessuno può vederlo, tranne lei e suo fratello, perché ci vogliono poteri speciali. «Non ti devi ammalare» ripete parlando sottovoce. «Io soffrirei da morire. Potrei morire se tu muori, lo sai?»

Nel silenzio una cicala batte le ali e ne esce un suono che sembra una risposta. «Bravo» dice Elena con entusiasmo. «Non devi ammalarti mai.»

All'improvviso inizia a piangere, le succede spesso, senza un motivo preciso o per infiniti motivi. Le lacrime lasciano sul suo viso strisce brune di polvere. Chiude gli occhi e stringe l'aria tra le dita. Poi carezza l'erba nel punto in cui è schiacciata. «Sei troppo piccolo per lavorare la notte» sussurra Elena. «Guarda che pelle ti è venuta! Sembra che hai la pelle di serpente!» Gira il palmo della mano in su per vedere se sopra ci è rimasta qualche squama. «Sono così cattivi in quell'albergo di Londra. Come possono farti lavorare senza mai lasciarti dormire?» dice buttandosi con la schiena all'indietro. Quindi si copre la faccia con i capelli. Tace per qualche minuto, mentre gratta con le unghie le crosticine rosse sulle sue gambe magre che spuntano dal grembiule come steli sottili. In estate le zanzare la mangiano viva, e anche le pulci delle capre.

«Non sono così cattivi.» Una voce maschile emerge dall'erba. «Non sono cattivi, è che io sono piccolo e solo, non ho la mamma né il papà e devo badare a me stesso.»

Non sempre la voce da maschio le riesce bene. A volte è stridula, altre volte roca, dipende da come riesce a farla uscire tenendo una mano premuta sopra la bocca. L'amico immaginario di Elena è spuntato fuori quando lei aveva tre anni, ma non ha ancora un nome.

«Devo badare a me stesso» ripete di nuovo la voce. «È per questo che devo lavare i piatti tutta la notte. Nell'albergo vengono tante persone ricche, e le persone ricche mangiano poco ma dentro tantissimi piatti. Lo fanno per via della ricchezza, tra ricchi si usa così...»

«Non voglio più che ti stanchi» dice Elena sospirando. «Se sei troppo stanco, non puoi più venire a trovarmi. Ti ho cucito un paio di pantaloni lunghi, lo sai? Forse domenica saranno pronti e ci attacco sopra anche una tasca per metterci il fazzoletto. Nella cucina dell'albergo di Londra ci sono i topi e con i pantaloni corti rischi che ti mordano.»

«I topi non mi mordono. Nessun topo mi morde, perché io tengo le briciole di pane nelle tasche e poi le metto per loro in un bicchiere di latte, così si rammolliscono. I topi vanno pazzi per il latte, proprio come i gatti, ma le persone vogliono solo carezzare i gatti, che graffiano, mentre per i topi, che non graffiano, costruiscono le trappole.»

«Un giorno vengo a Londra anche io» dice Elena sollevandosi dal prato e guardando la sua casa più in basso tra le sterpaglie. Senza luci accese sembra ancora più brutta. «Un giorno andiamo dalla regina a fare merenda. È anche per questo che ti ho cucito i pantaloni lunghi.»

«Io non sono venuto per la merenda, ma per quell'altra faccenda... Sono venuto per l'amore.»

Elena smette di respirare. Non sa cosa rispondere. E intanto il suo fratellino non è ancora arrivato.

«Ah, che stupida!» dice a un tratto come riemergendo da un sonno. «Stavo per dimenticarmi! Aspettami, torno subito. Se non sai cos'è l'amore, sei proprio uno sciocco. Sei il più sciocco del mondo. Ora te lo insegno.»

Corre fino alla casetta degli attrezzi in fondo al sentiero. Ha preparato una sorpresa per il suo amico, ma l'ansia la confonde. È strano che il suo fratellino non sia ancora arrivato. Apre la porta del capanno sperando di trovare Luigi seduto a mangiare le angurie che suo padre appoggia su una panca di legno. Ma il fratellino non c'è.

Elena risale la riva ansimando, ha in mano due pianticelle avvolte in una pezza di stoffa bagnata. Le appoggia a terra, sono i polloni di un tiglio. Suo nonno si è fatto seppellire un anno fa vicino al bosco, proprio sotto un tiglio, andando contro il parere del parroco. Hanno finto di portarlo al cimitero, ma Elena sa che lui è là sotto, e per questo, quando le trova, raccoglie le margherite e le sistema intorno al tronco. È stato suo nonno a insegnarle come si piantano gli alberi.

Stacca una foglia da una piantina, la sistema sul terreno in un punto dove non c'è erba. Poi prende un legnetto e, tenendolo come una matita, traccia intorno al bordo della foglia il contorno di un cuore.

«L'amore è questo» dice con l'espressione di chi la sa lunga.

L'aria è tiepida e, alle prime luci della sera, la città lontana sembra più bella. I contorni dei palazzi sono sfocati, somigliano a castelli che si accendono per una festa.

Elena corre di nuovo attraversando il prato, raggiunge la casetta e torna con una pala che la supera in altezza di tre volte. Aiutandosi con le mani scava due buche vicine, anche questo lo ha imparato osservando il nonno. Libera le radici delle piantine dalle pezze bagnate e le copre di terra dopo averle sistemate nei due fori del terreno.

«Ecco fatto» dice passandosi le mani sul viso che si sporca

di terra. Poi si siede: «Ecco fatto. Così finalmente sarai contento. Abbiamo fatto l'amore».

Mentre tutto ciò accade, suo fratello muore.

L'ha intuito dopo aver ragionato infinite volte sulla dinamica del pomeriggio trascorso lassù. Sono passati tanti anni, adesso è grande, è una giornalista d'inchiesta capace di andare anche contro al demonio, ma con la mente è spesso là, sulla collinetta. Aspetta suo fratello.

Non l'ha visto morire e non si rende conto di nulla neppure quando, dall'alto, vede delle auto dirette alla cava e infine un'ambulanza con le sirene spente. Non può intuire la tragedia, perché per intuire l'arrivo di una disgrazia bisogna averne provata prima una enorme. La sua prima grande tragedia si consuma quel giorno e lei ha solo sei anni.

Prima che si trasformi in un lungo silenzio pieno di sospetti, la sua ingenuità la protegge dall'orrore. Vede ciò che vede, ma per lei non è niente. Prima che le notti diventino buio senza fine, prima che la povertà della sua famiglia si trasformi in ricchezza indecente, prima che le spiagge spariscano sotto a tonnellate di cemento armato e che il suo mondo di bambina si riempia di cose brutte, ci sono Elena e Luigi, suo fratello, abbracciati sotto la pioggia in un pomeriggio di primavera. Sono su una duna e l'acqua scivola sul grosso ombrello nero che hanno piantato a terra. Si nascondono aspettando la sera. Nella sabbia sprofondano come nel ventre molle in cui vorrebbero tornare di nuovo. Sono due bambini poveri perché vivono da poveri. Sono due bambini soli perché a casa ogni attenzione è per il fratello più grande, il lupo scaltro nella casa dei lupi.

È per questo dolore che, dal giorno del funerale di Luigi – Gigetto, come lo chiamava il nonno –, l'amico immaginario ha preso il suo nome.

5

Elena esce dalla sala piena di fiori senza salutare i colleghi, e imbocca la scalinata che porta al giardino interno del palazzo, un quadrilatero con alberi d'arancio lungo i lati e una fontana al centro. Somiglia all'Alcazar dei re cristiani di Cordoba, la città dove ha vissuto qualche mese del suo periodo nomade dopo aver lasciato casa.

La sera cala in fretta, è marzo, fa ancora freddo, ma la primavera è alle porte: si sente, si vede sui rami degli alberi cedui che costeggiano i viali, dove le prime gemme si ripiegano dentro al bocciolo per ripararsi dalle gelate. Nel giardino ci sono poche persone, passeggiano, hanno il bavero del cappotto alzato per parlare al cellulare senza essere ascoltate. Faceva così anche Elena quando aveva un amore a cui telefonare. Erano conversazioni fatte di «Come stai?», «Quando rientri?», «È andato tutto bene?», discorsi che non avevano lo scopo di dire cose importanti, ma avevano un significato proprio per la loro inutilità apparente. Elena ha l'impressione che la sua vita senza quelle telefonate si sia stinta, che abbia perso il colore brillante dei giorni passati con Marco. Quando la loro storia è finita, è cominciata per lei una sorta di caduta al rallentatore.

"Avessi il vizio di fumare, fumerei" pensa sedendosi su una panchina. È di pietra, gelida. Il freddo le sale lungo le gambe e la obbliga a stringersi nel giaccone, che ha allacciato fino al collo per trattenere il calore.

«Sei triste?» chiedeva il Gigetto quando cercava di consolarla. «Sei così triste che non vuoi più parlare neanche con me?»

«Non sono triste» rispondeva lei mentendo. «Io non sono mai triste perché devo occuparmi di te che sei piccolo. Non si può essere tristi quando ci si occupa di un piccolo.»

Il palazzo ha il portone su un corso affollato, una zona pedonale a cui possono accedere pochi mezzi. Vi transitano solo ambulanze o macchine autorizzate. All'interno, nel cortile, c'è una strana pace, che contraddice il suo umore.

Tira fuori l'agenda. In settimana ha alcuni appuntamenti. Sono interviste che dovranno confermare o smentire le sue ipotesi. Purtroppo le confermeranno, ne è certa.

«Spero di non averle dato fastidio.» La voce la raggiunge alle spalle, l'inflessione dialettale è la stessa di poco prima e suona esotica. «Non volevo darle noia, mi perdoni.»

Elena si volta. Gli occhi azzurri che ha incrociato al piano di sopra sorridono alla luce dei lampioncini accesi sotto il portico del giardino. Sono occhi ostinati nello sforzo di sembrare vivaci, allegri, nonostante l'evidente imbarazzo. «Davvero lei conosce l'elicriso?» chiede l'uomo avvicinandosi. «Non vorrei essere insistente, ma ci tengo. È il fiore che preferisco. Di solito le persone si interessano a fiori più appariscenti. La gente parla solo di rose. Scommetto che anche per lei esistono solo le rose» conclude, già pentito di quel commento che poteva anche risparmiarsi.

Elena non risponde. Vorrebbe dire qualcosa di intelligente, ma il concetto di "intelligenza" ultimamente le sfugge. È lui a proseguire parlando in fretta, accennando a qualcosa che Elena non afferra. Poi cambia discorso, cerca un terreno più solido, le fa una domanda sul libro che è stato appena presentato.

«È un saggio di geopolitica, tratta dei confini controversi tra alcuni Stati perennemente in guerra» spiega fissando gli occhi dell'uomo, ora cauto e attento. «Molti dei problemi del mondo derivano da confini tracciati in modo arbitrario.»

La risposta gli è piaciuta. Si è tranquillizzato, ha smesso di ondeggiare da un piede all'altro e sta sorridendo. «Ecco perché non ho mai capito niente di questo mondo!» esclama facendo schioccare le dita per sottolineare la battuta. «Io mi occupo di fiori. Li compro e li vendo, li metto insieme nelle composizioni, non uccido nessuno...» Continua a sorridere, ma ha ripreso a oscillare e sembra di nuovo sulle spine.

Elena si alza dalla panchina, lui la sovrasta in altezza di una ventina di centimetri.

L'uomo si passa una mano tra i capelli. Indossa una camicia e non ha pullover né cappotto, come quando l'ha visto prima nel corridoio. Gli vorrebbe dire che fa troppo freddo per stare così, che dovrebbe rientrare e coprirsi di più, ma non ne ha il tempo. Dal lato opposto del giardino si sta avvicinando l'amica con la quale è arrivata, si era offerta di darle un passaggio fino all'albergo e ora fa un cenno con la mano, indica l'orologio, vuole ricordare a Elena che l'indomani dovrà prendere un treno al mattino presto e quindi adesso deve andare a dormire.

L'uomo è di spalle, non si accorge di nulla. Tende la mano verso Elena. «Fabio» dice. «Chiedo scusa se non mi sono presentato.»

L'amica sta per raggiungerli. Ha la borsa a tracolla che sobbalza a ogni passo.

«Elena. Mi chiamo Elena» ha il tempo di dire, mentre lui trattiene la sua mano.

L'amica ora è davanti a loro, ansima, ha attraversato il giardino quasi di corsa. Prende Elena sottobraccio, senza badare a Fabio, e la tira verso il portone spalancato sul corso. «Bello!» dice mentre escono. Ride. «Dove l'hai pescato?»

6

«Bello, dove l'hai pescato?»

La mamma è sulla porta di casa. Elena le sorride, mostrando sul palmo della mano un cavalluccio marino.

«Sulla spiaggia. Era nelle reti dei pescatori.»

«È bello» dice la mamma con l'unico sorriso che Elena rammenti, l'unico rivolto proprio a lei. Vuole ricordarla così quando sarà morta. Non lo è ancora, lo è solo nella sua mente. Le capita di rivederla nel dormiveglia, bianca in viso come un fantasma. Le viene incontro e sorride, mentre tende la mano per prendere il cavalluccio marino.

Non è pazza sua madre. Ma Elena l'ha sperato. Solo così potrebbe accettare il ricordo di lei mentre poggia il cavalluccio sul tavolo e si volta per tirare fuori dalla credenza un barattolo di vetro alto e stretto. Lo lucida con uno straccio e poi prende il morto, lo infila dentro e chiude il coperchio stringendolo per bene. Il cavalluccio sta dritto come un soldatino, a Elena sembra che si guardi intorno spaurito.

La mamma non parla. Il sorriso è svanito, sul volto di cemento non ci sono increspature, niente che somigli alla tenerezza di una madre verso la sua unica figlia.

Non è pazza sua madre. Elena le vorrebbe bene se lo fosse. La amerebbe lo stesso, se solo quel giorno, sulla soglia di casa, lei non avesse abbracciato il fratello grande che entra sporco, sudato, mentre granelli di sabbia cadono sulle piastrelle. Gli va incontro per accarezzarlo. Gli passa la mano destra sui capelli unti, mentre nell'altra tiene il barattolo di vetro, un premio per il lupo più scaltro nella casa dei predatori.

Lui afferra il barattolo con le dita già callose, le unghie listate di nero. Non fa caso alla madre che continua a carezzarlo sulla fronte, mentre l'altro, il fratello piccolo, è sul pavimento e piange per farsi prendere in braccio, ma lei fa finta di non vederlo voltandosi dall'altra parte.

«Eppure siamo tutti suoi figli» dice Elena al Gigetto, lassù, sulla collina. Ma neanche lui sa spiegarle perché la mamma faccia così.

Elena sa spiegarselo, adesso. Lo ha capito a forza di ragionarci. Oggi sa che quel primo figlio, egoista e cattivo, è arrivato nel momento in cui sua mamma aveva ancora speranze. La mamma lo amava tanto perché dopo, quando in quella casa erano arrivati Elena e Luigi, lei era ancora molto giovane, ma l'illusione di una vita felice era già finita da un pezzo.

Il cavalluccio odora di mare. Elena lo annusa mentre lo libera dalle reti. È stata fortunata, è il più bel regalo che si possa fare alla propria mamma nel giorno del suo compleanno. Qualche ora prima era ancora in acqua e adesso è morto, è diventato un oggetto che si può regalare, che si può osservare, mentre sua madre lo prepara per farne dono al bambino più cattivo del mondo, il crudele che ha un solo merito: essere giunto in quella famiglia quando al posto della sabbia che copre tutto c'era ancora un dolce velo di futuro.

7

L'uomo dagli occhi celesti e dai bei tratti su un volto smarrito è sceso di corsa dalla scalinata che porta al giardino, si è sistemato i capelli, e ha cercato nelle tasche una sigaretta da offrire, una tentazione impossibile da ritrovare lì dentro perché lui, da mesi, ha smesso di fumare. Esita, non sa che direzione prendere. Ora vorrebbe tornare di sopra, ma assecondare quella pulsione a scappare che da un po' ha il sopravvento su di lui equivale ad aggiungere nuovi rimpianti ai vecchi. Perciò resta, si appoggia per qualche istante alla colonna di marmo a cui è agganciato il corrimano della scala. Non ha preso con sé il pullover, ha mollato tutto di sopra dove tra poco tornerà e inizierà a ritirare gli attrezzi, lasciando nel salone gli addobbi che serviranno per la cerimonia prevista l'indomani. È nervoso, la mano con cui cerca la sigaretta gli trema, un moto impercettibile a cui non farebbe caso se fosse la prima volta. Gli è già successo, proprio in quel salone, due anni prima.

Trema perché sta tentando un'impresa destinata a fallire, non potrà che fallire, si ripete nella testa, trema mentre pensa al pubblico di intellettuali che siede al piano di sopra. Quella gente lo intimorisce. Li detesta, vorrebbe che sparissero, vorrebbe essere come loro. "Tutto è perduto" si dice spesso.

"Tutto è andato come è andato." Anche lei fa parte di quella specie, su di lei quelle persone non hanno potere, perché lei è una di loro, lei conosce le loro ipocrisie, li ha in pugno. Su di lei non hanno l'effetto spiacevole che hanno su di lui, quello di farlo stare male, di ricordargli a ogni errore di sintassi che non è uno di loro. Trema perché li detesta e odiarli è il solo modo per vincere la paura di non essere accettato.

Dunque resta, fa qualche passo verso la panchina. Lei è là, stretta nel giaccone. È indeciso se fare il giro del giardino e arrivarle di fronte, ma non è da lui essere così diretto, non è neanche certo di trovare il coraggio per parlarle. E invece parla. Lei è voltata e sta guardando gli alberi, quando lui parla pur non avendo bene in mente cosa dire.

Lei è gentile. Gli sorride, non chiede di essere lasciata in pace, ascolta e dice poche cose, ma quelle poche parole lui nemmeno se le sarebbe aspettate, credendola intellettuale, cerebrale, forse un tantino scontrosa e gelida, probabilmente ipocrita, tutti aggettivi che lo affascinano e lo atterriscono, come quando a scuola si sentiva giudicato, e infatti a scuola ha smesso di andarci, provando persino a fare l'attore.

Vorrebbe dirle che gli pare un piccolo miracolo ritrovarla lì, averla di nuovo davanti, e questa volta con quelle buffe trecce che gli hanno dato il coraggio di scendere in giardino per parlarle. Sono quelle trecce ad aver accorciato la distanza tra loro due. Non ne è certo, ma forse è così. Oppure dipende dal fatto che lei ha un altro sguardo rispetto a due anni prima. Lui si era fatto firmare il libro che lei aveva presentato; l'aveva comprato e le aveva chiesto l'autografo. Se lui sottolineasse quel dettaglio, lei si ricorderebbe di averlo già conosciuto? Meglio non provarci. Meglio evitarla quella delusione. Se lui proseguirà, se cercherà di catturare la sua attenzione, di delusioni ne arriveranno altre, è sicuro, quindi meglio iniziare a risparmiarsele, meglio iniziare ad allontanarsi da ciò che vorrebbe raggiungere.

Due anni prima lei sembrava non vedere niente. Durante la presentazione era stata impeccabile nel raccontare il tema del libro, nel rispondere alle domande del pubblico, ma si capiva che era chiusa, bastava a se stessa in quel suo mondo di inchieste, indagini, studio, approfondimenti. Non vedeva ciò che adesso sembra vedere. Lui, per esempio.

Vorrebbe spiegarle l'antefatto e invece non le dice nulla. Per fortuna non le dice quanto due anni prima lei gli fosse sembrata bella e soprattutto interessante. Per fortuna non glielo dice. Lei non saprebbe cosa rispondere, troverebbe imbarazzante replicare a un'affermazione così.

Vorrebbe chiederle dove abita, se tornerà presto da quelle parti, ma ha appena il tempo di presentarsi, di dirle il suo nome, di ascoltarla pronunciare il proprio. Un nome che sa già.

È andata così quella sera? Elena ci ripensa, proprio oggi che è mercoledì, il giorno che avevano scelto per vedersi, fino a quando il vedersi non è diventato nostalgia già al primo bacio, fino a quando il vedersi non è diventato così pieno d'amore da rendere insopportabile l'attimo dopo, quello in cui non si sarebbero visti più, forse mai più, un tempo di stazioni, di treni, di arrivi attesi, di partenze, di separazioni dolorose che cominciavano quando Elena fissava sull'agenda il giorno per incontrarlo. È stato davvero questo il motivo per cui si sono visti sei volte soltanto?

La donna della sabbia, la Elena da qualche tempo confusa e apatica, sopravvive alla malinconia mangiando spaghetti con verdure nel ristorante cinese vicino al porto. Lì riprende fiato prima di immergersi nell'androne di casa, varcando il portone, ascoltando il vuoto dei propri passi in corridoio.

Quando prima di addormentarsi prova a leggere un libro appoggiata alla testiera del letto, le vengono in mente particolari che forse sta inventando. Le pare che quella sera, nel giardino, Fabio si sia complimentato per le sue trecce e per quell'abbigliamento informale che accorciava le distanze tra loro. Non è sicura che l'abbia fatto davvero. Sa soltanto che, la sera del loro incontro alla presentazione, lui cercava di essere gentile, sa soltanto che quella sua preoccupazione di sbagliare approccio, di fare un passo falso, le è arrivata dritta al cuore. Mentre lui parlava, lei sentiva sul volto qualcosa a cui non era più abituata: un sorriso, dopo tanto tempo.

Per questo, sei mesi dopo, si era sentita persa davanti all'ostinazione di Fabio nel non rivederla più.

8

La storia di Elena e Fabio inizia molto prima del loro incontro. Inizia dalle loro delusioni, dalle insoddisfazioni. Inizia dalla paura che tutto possa finire. Inizia e finisce con il cinismo che si portano dentro.

Prima che lui scenda nel giardino degli aranci, prima che si avvicini con un po' di affanno, è ciò che non dice a legare Elena a lui. Nel messaggio che le scrive il giorno dopo l'incontro lei sente già la certezza di perderlo.

Il messaggio le arriva nella camera d'albergo. Elena è alla finestra e osserva il fiume che divide in due la città. Il suono del telefono richiama la sua attenzione per un attimo, ma poi lei torna a riflettere sulle carte che ha ordinato sul letto. Sono il frutto di accurate ricerche, se le porta sempre appresso come una seconda pelle. Ha segnato su un taccuino gli appunti ricopiati su un foglietto da documenti d'archivio. Sono gli atti di un convegno che cinquant'anni prima aveva sollevato interrogativi rimasti senza risposta. Nei testi Elena ha trovato verità sommerse, nascoste, tenute segrete, e anche qualcosa di peggio: la sottovalutazione, l'irresponsabilità, l'incapacità di predisporre azioni concrete per evitare sciagure future. È già tardi, si dice leggendo i dati. Quel futuro allarmante ipotizzato nei documenti è il nostro presente.

Anche Elena ha tentato di fuggire dalla verità, lasciandosi alle spalle domande senza risposta. Proprio per questo sa che è la strategia peggiore.

Si stende di nuovo sul letto. Nella biblioteca della facoltà di Scienze ha ricopiato pure il brano di un libro:

È noto come l'escavazione di sabbia silicea abbia provocato danni ingentissimi all'ambiente naturale, determinando alterazioni così profonde da risultare insanabili. Le spiagge sono divorate dal mare e i cordoni sabbiosi dei fiumi vengono troncati dall'erosione marina che ha fatto arretrare la costa di circa un chilometro negli ultimi cento anni.

Sta proprio riflettendo su questo brano quando le arriva il messaggio su Facebook. Il mittente è nell'elenco degli amici da due anni. Ora lo apre.

"Difficile scriverti, ma ci tenevo a dirti che è stato un piacere riscoprirti di nuovo. Fabio."

L'albergo è antico. L'arredamento riecheggia il liberty e sul camino di fronte al letto c'è uno specchio grande con una cornice in ferro battuto. Si vede riflessa mentre alza gli occhi dal telefono e guarda di fronte a sé, cercando un punto di riferimento.

Sul taccuino ha copiato anche un altro paragrafo che adesso ricerca sfogliando in fretta le pagine. Le gira senza leggerle, scorre gli appunti senza riuscire a decifrare la propria calligrafia.

"...ci tenevo a dirti che..." Il messaggio è ancora visibile sul display del telefono e a breve svanirà nel nero del salvaschermo.

Elena ha sempre considerato il lavoro la sua salvezza. Si è ripromessa di tenerlo ben presente, di non tradirlo mai per nessuna tentazione al mondo. Per questo si impegna a ritrovare la concentrazione che il messaggio le ha tolto. Riprende a leggere i documenti. La frase che cercava è questa:

Prima delle trasformazioni provocate dall'estrazione della sabbia silicea, iniziate nel Novecento, il territorio aveva mantenuto quasi lo stesso aspetto per secoli.

Il passo è contenuto in una didascalia sotto una mappa a colori. Mostra l'arretramento del litorale negli ultimi decenni e, anche se le annotazioni sono poco leggibili, lei riconosce i luoghi. Il territorio costiero rappresentato sulla carta somiglia alle zone dove ha vissuto da bambina, spazi disabitati su cui ha visto nascere infinite case, zone ora sovraffollate che inverno dopo inverno rischiano di essere raggiunte dalla linea azzurra del mare che in quei luoghi, milioni di anni fa, aveva il proprio regno.

La tentazione che si sta insinuando nella stanza d'albergo è forte come il mare. Lei prova a opporre resistenza, ed è commovente quel suo tentativo, stupido come tutti i tentativi di fermare la vita quando viene a farci visita. Ma Elena è determinata a essere stupida, perché non è abbastanza veloce a tapparsi le orecchie per evitare di sentire un nuovo squillo del telefono.

"...e scusami se ieri non avevo neanche una sigaretta da offrirti, ma non fumo più. Ci tenevo a dirti che sono contento di averti incontrata, perché nessuno come un deluso o un cinico ama la vita così tanto."

9

Ciò che desideri è dalla parte opposta della tua paura.

L'ha letto da qualche parte, forse sulla carta dei cioccolatini che il nonno le regalava da bambina.

Quando arriva il secondo messaggio, il telefono scivola sul copriletto e affonda nel tappeto di lana. Non lo raccoglie subito, lo ignora. Torna a sfogliare le sue carte e a cercare il segno che ha messo tra le pagine del taccuino su cui ha incollato anche la recensione di un libro uscito negli Stati Uniti:

> *La sabbia è diventata la risorsa più scarsa sul Pianeta. Sono costruite con la sabbia le strade, le case, le lenti degli occhiali, gli schermi dei computer. Le mafie della sabbia sono attive in tutto il mondo, scavano illegalmente, rubano dai fiumi e anche dalle aree intorno ai ponti. Scavando, scoprono i piloni dei viadotti facendoli crollare. Chi cerca di raccontare questa storia, muore, viene ucciso dai criminali.*

"...ci tenevo a dirti..." Il messaggio è ancora lì, nella sua testa.

Solleva gli occhi dagli appunti. Ha lo sguardo di chi non è più abituato a certe cose, all'amore per esempio. Ignora, tira dritto, fa così da molto tempo. Rilegge quelle parole come fossero capitate per sbaglio sul suo telefono, forse sono dirette a un'altra persona, una che le somiglia e che non accetterebbe consigli da lei.

È una fortuna che la donna riflessa nello specchio possa evitare di rispondere a un messaggio simile. È una fortuna che sia immersa in problemi irrisolvibili che le occupano la testa giorno e notte, che la obbligano a spostamenti continui dandole la sensazione di non avere una patria. Viaggia spesso verso luoghi che la interessano fino a quando non ci arriva, fino al momento in cui la solitudine la raggiunge anche lì, rendendole indifferenti paesaggi e città, tutti uguali per lei che è talmente sola da non far più caso a niente tranne a ciò che accade su scala planetaria. Non le fanno più paura le cose grandi, perché il suo cuore ha un ingresso così stretto che solo le piccole possono infiltrarsi e renderlo inquieto, per esempio il messaggio appena letto, una trappola in cui non intende cadere.

Deve procurarsi quel libro americano. Ha visto con i suoi occhi ciò che quel saggio racconta. Segna su un foglietto i riferimenti del testo e lo infila nella custodia del telefono. Il display si illumina, ma il messaggio di Fabio non è più visibile sullo schermo.

Fuori dalla finestra il fiume sembra più verde, tre barche da canottaggio lo solcano leggere.

Ha un capogiro, il senso di colpa la afferra lasciandola senza fiato. Elena alza le braccia, un riflesso condizionato, come in un gioco tra bimbi in cui ci si arrende subito senza combattere, senza cercare di difendersi dalle accuse infondate, per esempio quella di aver lasciato Marco senza motivo. Tra le sue tante ossessioni, questa è la prima dell'elenco.

Le barche solcano la superficie del fiume, somigliano a lame che incidono lucide ferite sull'acqua. Il taglio si rimargina in fretta, il fiume si ricompatta, torna a essere una tavola verdastra su cui il sole arriva di sbieco.

Il treno porterà Elena a casa tra poche ore. Il messaggio di Fabio, uno sconosciuto di cui non sa nulla, ha già steso un filo tra le due città in cui abitano, lontane, condannate alla distanza fin dall'inizio.

I fogli sul letto sono da riordinare, ma la donna che li ha scritti, quella che per anni ha preso appunti con diligenza, ora vorrebbe accartocciarli, farli a pezzi e lanciarli dalla finestra, osservarli mentre nel vento inseguono la scia bianca delle barche.

E poi la sintassi del messaggio non le pare brillante. È evidente che chi lo ha scritto non è avvezzo a tradurre in parole ciò che sente. Lei ha sempre considerato un problema doversi rapportare con chi scrive male. Non è classismo, è timore dei malintesi che spesso nascono tra persone lontane costrette a fare a meno di tutta la comunicazione non verbale.

Elena si veste, si pettina con cura, indugia davanti allo specchio. Sta succedendo qualcosa di strano, se ne accorge mentre esce, mentre mangia un panino nel bar sotto l'albergo, mentre si appoggia al parapetto del lungofiume a osservare nuove esili imbarcazioni in arrivo. Un uomo con un megafono impartisce ordini a diverse squadre di atleti che ritmano la caduta del remo nell'acqua.

Elena sta facendo ciò che farebbe se un burrone si allargasse all'improvviso davanti ai suoi passi: arretra.

Ma se per un attimo soltanto permettesse a se stessa di uscire dalla gabbia in cui si è chiusa, risponderebbe subito all'amico di Facebook, scriverebbe in fretta la prima frase che le viene in mente, così, senza rileggere, senza badare alla sintassi, pur di accorciare i minuti, pur di ricevere il prima possibile ulteriori parole. Ammetterebbe quanto sia importante per lei leggere i messaggi di Fabio in quel momento, quanto siano inattesi e provvidenziali, quanto sia felice che lui si sia accorto della sua esistenza nel mondo e abbia avuto il coraggio di scriverle, in un periodo in cui a scriverle sono in tanti ma nessuno è in grado di smuoverla dall'apatia nella quale lentamente sta scivolando da mesi. Se Elena non fosse Elena, direbbe la verità, non proverebbe a mascherarsi dietro una lunga serie di bugie, di negazioni. Tornerebbe a due ore prima, si stenderebbe sul letto, respirerebbe fino a non sentire più il peso del corpo e scriverebbe l'unica cosa che vorrebbe davvero dire a Fabio: "Ho paura di essermi persa".

Invece più tardi, sul treno, quando la città sparisce inghiottita dal buio delle gallerie, non è capace d'altro che di questo: "Stai tranquillo riguardo alla sigaretta che non mi hai offerto. Non fumo neppure io".

Prima che Elena e Fabio diventino un amore, sono sostanze repellenti, olio e acqua che si rincorrono sul pavimento. "Non può che finire male" pensa Fabio prima di scendere in giardino, prima di trovare il coraggio e le parole per trasformare quell'incontro in una storia importante. "Non poteva che finire male" pensa Elena adesso. Quell'amore, se mai c'è stato, si è perso come acqua tra la sabbia.

10

Ha dieci anni il giorno in cui giura guerra a suo padre.

È un giorno caldo, un'estate torrida, la quarta estate dalla morte del fratellino.

Rivede le pareti di casa, bianche di calce, scrostate negli spigoli; rivede la polvere che copre i mobili, una patina su cui un tempo si divertiva a disegnare con i polpastrelli.

Suo padre è seduto al tavolo della cucina, una cucina da poveri con le pentole sempre sul fuoco, anche adesso che il caldo è insopportabile, anche oggi che, dai discorsi in ballo, sembrano ricchi.

Ci sono due uomini seduti di fronte a suo padre. La mamma, come un fantasma, vaga tra i fornelli. Con le mani stringe il bordo del grembiule. Se lo passa sul viso quando scoperchia i tegami e il vapore la investe.

I due uomini sembrano quelli che vede di solito alla cava, sporchi, sudati, con le scarpe grigie di sabbia e gli occhi rossi bruciati dal sole. Hanno la pelle di cuoio, lucida e spessa.

Suo padre parla con la voce roca per le troppe sigarette che gli ingialliscono i denti. Fuma, sempre, pure la notte nel giardino davanti a casa, dove crescono solo sterpaglie e le piante muoiono per l'afa. Nessuno dà loro una goccia d'acqua, neppure Elena, già rassegnata a veder morire le cose belle.

Suo padre fuma anche a sera tarda. Dal suo letto, tra le persiane, lei intravede la corolla rossa della sigaretta. Fuma seduto su una panchina di vimini riarsa dal sole, così rinsecchita che un solo fiammifero potrebbe innescare un incendio.

Oggi, nel ricordo che affiora è là, nella cucina che odora di cipolla, dove il rancido della nicotina intride i capelli e i vestiti. Fumano anche gli altri due uomini. Sono operai. Hanno le dita grosse e schiacciano le cicche nel portacenere come fossero scarafaggi.

Suo padre ogni tanto alza la voce. Fa pesare su tutti la propria superiorità, anche sulla famiglia che assiste allo spettacolo, una sorta di cerimoniale che garantisce al monarca il rispetto e il lavoro silenzioso dei suoi schiavi. Quando alza la voce, batte un pugno sul tavolo. Poi tiene il pugno sulla tovaglia per qualche istante, il tempo necessario per far sapere chi comanda. Elena non capisce niente del loro discorso. Sente ripetere la parola "milioni", e poi "quintali"; numeri, un caos di numeri che il padre ordina a suo modo, battendo con violenza il pugno quando qualcuno osa intervenire mettendo in dubbio le cifre.

Lei li osserva dal divano su cui è rannicchiata e finge di dormire. Suo padre è il fulcro di una leva capace di sollevare tonnellate di sabbia e caricarle su colonne di camion dirette chissà dove, in zone disabitate piene di acquitrini che diventeranno presto città turistiche.

Uno dei due uomini a un certo punto si alza, fa un giro intorno al tavolo. Guarda negli occhi il suo compare. La discussione, che all'inizio vedeva il padre vincitore indiscusso, si trasforma all'improvviso, si capovolge come se sulla scacchiera il re venisse assediato da nuove pedine entrate in gioco di soppiatto. La mamma, che fino a poco prima teneva la testa bassa sui fornelli, si volta di scatto. Nel suo sguardo Elena legge un'ombra, una paura che le ricorda il lutto. Ha gli occhi lucidi. È solo un attimo, poi la madre si volta di nuovo, dà le spalle al tavolo, scoperchia i tegami da cui arriva odore di soffritto e carne lessata. Si appoggia al mobile accanto al lavello. Indugia un pochino, poi finge di sistemare le tazze pulite nella credenza, ma la porcellana tintinna ed Elena si accorge che le mani della mamma tremano.

«Perché noi lo sappiamo cosa è successo in questi mesi» grida l'operaio che si è alzato. Il suo compagno tace ma annuisce con convinzione. «Noi lo sappiamo, l'abbiamo sempre saputo.»

Il padre ascolta, pare contrariato. Elena ha l'impressione che non sappia cosa fare. Poi lui schiaccia la cicca della sigaretta per terra, sulle piastrelle, e scatta in piedi. Adesso è rosso in viso, preda di una collera crescente. È meno sicuro di prima, meno aggressivo, più cauto. Preme con le mani sul bordo del tavolo. «Cosa vuoi dire?» esclama rivolgendosi all'uomo che ora ha smesso di camminare e gli si è piazzato proprio a un passo per sfidarlo con il suo corpo.

«Voglio dire che la sabbia dovevamo lavarla e, invece, non l'abbiamo mai lavata... Non abbiamo tolto via il sale.» Poi si rivolge all'amico seduto e i due annuiscono alzando e abbassando la testa per rafforzare quanto appena detto.

Il padre tace. Elena lo conosce, sa che è sul punto di esplodere per la rabbia, ma lui riesce a trattenersi ancora, stringendo i denti in una smorfia. Si passa le mani sulla faccia che adesso è più rossa. «Cosa vuol dire 'sta cazzata del sale?» esclama, battendo di nuovo un pugno sul tavolo. «Mica si metteranno ad assaggiare la sabbia prima di fare i palazzi?»

L'uomo che ha parlato poco prima ha ancora in faccia un'espressione beffarda, sembra divertito. Si avvicina al padre di Elena, gli mette una mano sulla spalla, un gesto amichevole che contraddice le sue parole. «È venuto l'ingegnere con gli altri buffoni del circo. Ha detto che nel contratto c'è scritto che dovevamo lavarla, perché nel cemento c'è il ferro e il sale se lo mangia.»

Un coperchio cade sul pavimento. Elena alza gli occhi e vede che la mamma è di nuovo voltata verso il tavolo, sembra pronta a intervenire qualora le cose si mettessero male, pronta a difendere un uomo che le ha tolto la lucidità necessaria per rendersi conto della gravità delle azioni che compie, mettendo in pericolo chiunque abbia a che fare con lui.

Il padre tace, ha la fronte sudata, si libera della mano che l'uomo gli teneva sulla spalla. Fa un passo verso la porta come se volesse lasciar perdere il discorso. Poi si gira di scatto e dice con arroganza: «E a voi cosa ve ne frega? Da quando vi interessa cosa dice l'ingegnere?».

L'uomo in piedi gli ride in faccia. Anche l'altro operaio, sempre seduto al tavolo, scoppia in una risata fragorosa, come accade a teatro dopo una battuta esilarante.

«A noi non ce ne frega niente di cosa dice l'ingegnere» grida l'uomo in piedi asciugandosi la faccia con il fazzoletto che poi ricaccia nella tasca dei pantaloni luridi. «Però adesso sappiamo che aveva chiesto una cosa che non è stata fatta. Lo sappiamo, siamo intesi? A noi non l'ha detto, ma abbiamo sentito il discorso che faceva con i suoi. Diceva che il sale con il tempo corrode l'armatura del cemento e i palazzi sono destinati a crollare con la gente dentro. Succederà fra parecchi anni, perciò a noi non ce ne frega niente. Però adesso sappiamo... Tu ci hai detto di fare cose diverse da quelle stabilite nelle carte.»

Il padre è immobile, pietrificato da ciò che ha sentito. Ma un attimo dopo è già seduto di nuovo al tavolo, prende una sigaretta dal pacchetto e la accende con un fiammifero di legno. Ha la faccia torva, ma si sforza di ridere come se davvero fosse davanti a una sceneggiata e non a qualcos'altro: il momento memorabile e tragico in cui la libertà, che fino a poco prima lui ha tolto agli altri, gli sfugge di mano. È sotto ricatto e, forse per la prima volta, mette in dubbio di aver avuto ragione quando si è creduto il più furbo, l'intoccabile, un sacerdote della religione di chi è disposto a tutto.

È l'ultimo atto. L'ultimo capitolo della storia in cui Elena vuole bene a suo padre. Per anni gliene ha voluto, come fa ogni bambina buona, ogni figlia che si ostini a sperare in ciò che non arriverà mai, una vita felice per esempio, un giorno intero senza prendere botte. È l'ultimo istante in cui vuole bene al suo carnefice.

Dal divano dove finge di dormire Elena vede sul volto del padre la miseria in cui li costringe a vivere. Ha solo dieci anni ma è vecchia, stanca di ceffoni, di insulti, di promesse disattese. Dietro a una maschera d'acciaio, suo padre è soltanto un pagliaccio di cartapesta che abbassa le orecchie non appena qualcuno si svincola dalle sue prepotenze, intrappolandolo in un ricatto più grande di quello che ha orchestrato. Su quella faccia crudele e smarrita Elena riconosce i propri tratti, vede se stessa quando avrà la sua età. Per la prima volta non ha paura di morire, ha paura di vivere.

I due uomini sudati e sporchi hanno addosso un odore acre. Nel caldo nauseabondo si mescola all'odore di cibo che viene dalle pentole.

«E poi c'è sempre la faccenda del bambino» dice uno dei due operai, schiacciando un mozzicone con la scarpa.

A sua mamma scivola di mano un bicchiere. La donna cerca di afferrarlo, mulina le braccia nell'aria senza riuscire a evitare il colpo secco sul pavimento. Le schegge di vetro si spargono dappertutto.

La stanza è una bolgia infernale dove non c'è scampo per chi rimane. Elena non resterà, lo decide quel giorno.

Ma prima che i due uomini lascino la casa, minacciando di distruggerla, Elena è piccola, ha l'età del suo fratellino morto, siede sulle ginocchia di suo padre e guarda avanti, verso il futuro. Il corpo del padre è solido come una montagna, capace di proteggerla dai venti, dal mare, quando il mare tornerà in quei luoghi che un tempo erano protetti da dune, elicriso, alberi e sabbia.

11

Qui alla frontiera cadono le foglie e, benché i vicini siano tutti barbari e tu, tu sia a mille miglia di distanza, sul tavolo ci sono sempre due tazze.

Elena ha letto questa frase sul foglietto nel biscotto della fortuna che la cameriera del ristorante le porta sempre di sua iniziativa alla fine del pasto. In Cina, dove è stata per più di un anno, non ha mai visto questi biscotti che, infatti, pare siano originari del Giappone. È stata molti mesi anche là, durante la sua vita nomade. Ma è grazie all'incontro casuale con Marco che ha iniziato a trasformare in articoli e poi in inchieste le esperienze in Asia. Al tempo faceva la ragazza alla pari. È il lavoro che ha fatto per andarsene da casa e continuare a studiare per suo conto. Il primo incarico l'ha ricevuto da una signora inglese, una manager con tre figli che scendeva in Italia per le vacanze su una spiaggia non lontana da casa sua. È stata quella donna a offrirle l'impiego e lei l'ha seguita dappertutto per alcuni anni, così ha girato il mondo.

Elena è partita una sera, all'improvviso, non ha salutato nessuno. Ha fatto la valigia di nascosto. Ci ha messo dentro poche cose, tutto ciò che aveva. È fuggita senza salutare. Non ha detto addio nemmeno a Raffaele, l'operaio più giovane della squadra di suo padre. Era stato assunto quando i due operai più vecchi avevano iniziato a comportarsi da padroni.

Per i genitori Elena è morta in quel momento. Loro per lei lo erano già da tempo.

La frase del biscotto non è un motto, non è una profezia come vorrebbe la tradizione. Per Elena è un segno. Il verso è anonimo, è stato stravolto da chissà quante improvvide traduzioni, ma per Elena ha un significato. Adesso il foglietto è nel vaso blu dell'ingresso di casa. Da mesi i messaggi dei biscotti della fortuna hanno preso il posto dei fiori.

Sul tavolo ci sono sempre due tazze – due tazze vuote che aspettano – da quando Elena e Fabio si sono fidanzati. È un'espressione che la fa sorridere, le ricorda l'ottimismo dell'inizio.

Ci sono sempre due tazze anche oggi che tutto è finito. Le appoggia sul comodino della camera da letto e le osserva mentre due sottili code di fumo salgono dalla superficie del tè e si intrecciano. È infantile tutto questo, faceva cose simili a sei anni mentre preparava la cena al Gigetto. Si resta bambini quando non si è avuto il tempo di esserlo.

Stasera, sulla spiaggia, prova a tornare la bambina che non è mai stata. Si siede a terra, affonda le mani nella sabbia, guarda il mare come lo osservava da piccola, quando era giudiziosa, responsabile. Vecchia.

A scuola Elena è brava, studia tanto. Per suo padre lo studio è un affronto al senso pratico, uno spreco dannoso, ma lei è in giro tutto il giorno, come un randagio, e lui non può controllarla, non può sapere cosa fa. E allora Elena studia anche per rabbia, per dispetto. Si porta i libri sulla collinetta. Si costruisce un riparo per quando piove e fa freddo. Studia lassù per non stare chiusa in una casa dove l'odore di cipolle impedisce ogni ragionamento. Legge tanti libri. Li prende in prestito alla biblioteca scolastica e li divora. A casa non li porta mai perché il fratello grande li odia, è capace di strapparli e bruciarli nella stufa. Il fratello ha i lineamenti della mamma ed è uguale a suo padre in tutto. Ha gli occhi dolci, come quelli di un cerbiatto, ma dentro di sé nasconde un predatore.

L'unico tempo in cui Elena è stata bambina sono i mesi con Fabio.

"Non posso credere che io ti scrivo e tu mi rispondi" è stato il suo terzo messaggio. "Sono tornato da una cena e ora mi sono buttato sul divano. Ho ancora le scarpe. Ho letto il tuo messaggio dieci volte. Ho tenuto il telefono nascosto sotto la tovaglia per non farmi vedere dagli altri. Non pensavo che mi rispondevi."

"Non pensavo che tu mi rispondessi... congiuntivo imperfetto. Davvero non lo pensavi? E invece... l'ho fatto. Ti ho risposto."

È ormai notte. Il treno di Elena arriva in ritardo. Torna a casa a piedi dalla stazione. Apre la porta e nel corridoio è tutto come l'ha lasciato. Eppure non è più sola.

"L'hai fatto ancora... Mi hai risposto di nuovo..." scrive lui. Il suono del messaggio arriva mentre Elena è sotto la doccia. Riflettendosi nello specchio del bagno scopre di non essere vecchia come si sente. Le pare di vederlo ridere. Ha davanti i suoi occhi chiari che si assottigliano in un sorriso. Nello specchio sorride anche lei.

Per un attimo ha dimenticato il taccuino della sua inchiesta, le informazioni che ha trovato e che continua a rifiutarsi di mettere insieme per portare il lavoro a compimento. Portare a compimento: le sembra la sintesi perfetta di cosa non sa fare. Nelle due tazze sul comodino il tè si è raffreddato.

Fabio ha un bimbo di quattro anni, una separazione dolorosa alle spalle. Suo padre era operaio, sua mamma casalinga. Lui ricorda litigate feroci tra loro. La madre taceva e non parlava a nessuno delle aggressioni verbali del marito. Entrambi i genitori avevano votato contro la legge sul divorzio.

«Il commercio dei fiori non rende più come una volta» dice Fabio una sera, prima di stringerla a sé e coprirla di baci. È una delle sei occasioni in cui si sono visti. «Non rende più come prima, ma devo pagare le tasse, i dipendenti, e comunque vadano gli affari ho dei costi enormi...» Poi la stringe così forte che lei quasi non riesce a respirare. Continua a baciarla sugli occhi, come se volesse impedirle di tenerli aperti, la circonda con le braccia per trattenerla. Lei sente il respiro accelerare, la sua pelle è morbida e non ha odore.

«La mia vita non è un granché, non ho il coraggio che hai tu, non l'ho mai avuto» le dice prima di addormentarsi, quasi volesse lasciarla erede di una spiegazione da usare in futuro, partecipe del segreto che lo agita e, di notte, quando è a casa da solo, non lo fa dormire. «Con te sono felice» le sussurra nell'orecchio, mentre la accarezza e passa la mano tra le pieghe della sottoveste. «Non mi lasciare, amore mio» dice piano, mentre la bacia e pensa alle cose che contano, ai debiti per esempio, alle difficoltà di portare avanti una vita complicata. «Non lasciarmi, amore mio» le sussurra, mentre prepara i mattoni con cui costruisce pian piano il muro che li dividerà. "Stare insieme è impossibile" pensa Fabio. Prima o poi lei si accorgerà delle differenze tra loro, quelle che lui nota già.

È quel muro a impedire a Elena di raggiungerlo e di parlargli ancora, di dirgli con sincerità che, senza di lui, a lei di tutto il resto non importa niente.

Gelata, sul cavallo, l'ombra di me. Era scritto sul foglietto dell'ultimo biscotto.

Quando un giorno Fabio le scrive "Mi perdoni se sparisco", Elena non è preparata. Ha i piedi nella sabbia, il mare splende sotto il sole di mezzogiorno. Guarda le onde sciogliersi sulla riva. Non è preparata, nessuno è mai fuggito da lei, è stata sempre Elena ad andarsene, spesso senza rendersene conto. Non sa ancora che si può fuggire da qualcuno per troppo amore, che si può uccidere ciò che si ha di più caro per la paura che possa finire. Non sa che si possono dire e fare cose importanti con incuria, per il gusto di dirle, di farle, per la frenesia di considerare vera ed eterna una storia già terminata prima di iniziare, uno spettacolo frusto che può sembrare nuovo solo a chi entra nel teatro per caso, per scampare alla pioggia o al peso improvviso della propria solitudine, come è stato per lei.

12

«E così tu vorresti occuparti di sabbia... Non ti pare un po' strano?»

In redazione Cesare la osserva scuotendo la testa. Lo fa con tutti i suoi giornalisti per testare la bontà dei temi di cui vogliono parlare. Trascorre buona parte del tempo a somministrare iniezioni di pessimismo, ricorda loro di continuo quanto il pubblico sia distratto, privo di attenzione per tutto ciò che non provoca un brivido. Solo alla fine, quando nulla del lavoro che gli hanno illustrato pare averlo interessato, li guarda negli occhi e dice: «Bravo, continua, forse tiri fuori qualcosa di buono».

«Perché vuoi occuparti di questa faccenda?» le chiede di nuovo. «Spiegamelo con una frase.»

«Voglio occuparmene perché il mare si sta innalzando, il mondo costruito con il cemento è prossimo al crollo e non c'è più sabbia per ricostruirlo.»

Cesare scuote la testa con maggior convinzione. Si mette persino a ridere. «È un po' da pazzi... Te ne rendi conto, vero?»

«Me ne rendo conto.»

È così che Elena ha iniziato a fare sul serio con la nuova inchiesta.

Ordina i dati. Ciò che le manca non è la capacità di trovare altre prove. Le manca il coraggio di usarle contro il suo passato. L'inchiesta chiude un cerchio che pensava d'aver già chiuso, un taglio rimarginato, e invece, più si avvicina alla conclusione, più si accorge che ogni nuovo dettaglio è sale su ferite aperte.

Noi ci troviamo indubbiamente di fronte a un problema molto grosso: una volta le nostre spiagge non erano una fonte di ricchezza; attualmente lo sono. È chiaro che non possiamo dire agli stabilimenti balneari, agli insediamenti turistici lungo le rive: andatevene, altrimenti le coste arretrano. Le due cose sono complementari. È chiaro che tra difesa attiva del litorale e permanenza degli insediamenti turistici noi dobbiamo trovare quelle vie mediane che ci consentano di andare avanti, altrimenti qualunque intervento di carattere tecnico fatto nel mare verrebbe reso vano dalla passività, dall'ignoranza dell'uomo sulla terra.

Copia il brano dagli atti del convegno *Erosione delle coste: un'emergenza grave da affrontare subito.* Il convegno si è svolto a maggio, cinquantaquattro anni prima.

Il libro è nel deposito della biblioteca universitaria; per leggerlo deve prenotarlo e farlo portare nella sala di lettura da un lontano magazzino dove giace il materiale che nessuno consulta più.

Elena non è solo una giornalista. È la testimone oculare di un'epoca che ha visto finire, un tempo in cui forse potevamo scrivere un destino diverso da quello che ora ci tocca subire.

La bambina che non è stata cammina ora su una cresta sabbiosa coperta di cespugli, poco lontana da casa sua. È domenica mattina. Sulla battigia si sono posati i gabbiani, mangiano i resti di pesce caduti dalle reti. Solo poche barche di pescatori approdano lì, perché il fondale è stato dragato in alcuni tratti e i pesci sono in gran parte scomparsi. È una specie di riserva indiana, l'ultima area libera rimasta su un litorale che da maggio si colora di ombrelloni, tante file che degradano verso il mare, tra urla di bambini e madri preoccupate di spalmarli per bene con creme solari e di nutrirli con focacce, facendo attenzione a non lasciarli entrare in acqua prima che termini la digestione.

La primavera è iniziata da poco e sul lido non sono ancora state montate le cabine. Gli stabilimenti sono solo assi che per tutto l'inverno rimangono ammonticchiate nei capannoni.

Elena ha le ginocchia sbucciate e un vestitino fantasia da bancarella del mercato. Indossa gambaletti scozzesi sbiaditi da troppi lavaggi, e le sue scarpe hanno i tacchi scalcagnati. Solo a scuola è sempre in ordine perché tutte portano un grembiule identico, così non si sente trasandata come invece sa di essere tutto il resto del tempo.

Due trecce castane pendono sul libro che ha tra le mani. Sono storte perché la mamma non la pettina e lei non è brava a dividere i capelli in due ciocche di uguale massa.

Tra poco nel suo rifugio in mezzo ai cespugli di elicriso si metterà a sfogliare il libro, leggendo ad alta voce le pagine più belle. Ogni tanto Elena sale proprio in cima alla collina dove i polloni di tiglio che ha piantato il pomeriggio della morte di Luigi stanno crescendo. Deve proteggere gli alberelli dai camion che uscendo dalla cava deviano su una strada sterrata che gli passa troppo vicino.

Oggi il vento si è placato, le nuvole cariche d'acqua che fino a ieri salivano dal mare in burrasca non rischiano più di rovinare le pagine del libro che Elena ha messo al sicuro dentro un sacchetto di nylon trasparente. Si intitola *Moby Dick* e domani lo restituirà alla biblioteca di classe.

«*La Balena Bianca nuotava davanti a lui come l'ossessiva in-*

carnazione di tutte quelle forze maligne da cui alcuni uomini profondi si sentono divorati, finché quel che loro rimane per continuare a vivere non è che mezzo cuore e mezzo polmone...»

Legge la frase e guarda davanti a sé, verso il mare. Le creste bianche si rincorrono, si sciolgono e si riformano sulla superficie dell'acqua che oggi è verdastra, ancora agitata dalla bufera che la notte scorsa Elena ha sentito ululare dal suo letto. Forse, da un momento all'altro, una balena bianca approderà sulla riva e lei potrà cavalcarla per raggiungere terre lontane.

Chiude gli occhi. Ora vede palme ondeggianti e il sole che brucia la sabbia. È il paradiso. Le sembra di essere in paradiso quando alle sue spalle un rombo di motori squassa la pace del mattino. Nell'aria c'è l'odore acre di carburante. È mescolato all'odore del pesce, al salmastro che arriva a zaffate.

Alza la testa dal libro, si volta di scatto. Non lontano da lei, dietro i cespugli, stanno arrivando due ruspe. Il passaggio delle enormi ruote sulle dune trita la vegetazione. Gli arbusti crepitano come se fossero aggrediti da fiamme e si appiattiscono sotto le ruspe che adesso avanzano e puntano Elena.

In un attimo si rende conto di cosa sta succedendo. Se non salterà subito fuori dal rifugio, sarà travolta. Allora scatta in piedi, alza le mani per rendersi visibile. Il libro le cade a terra e scivola fuori dal sacchetto. La copertina rigida sbatte sul terreno e in un attimo è divelta. La rilegatura, tenuta insieme da colla rinsecchita, si apre. Le pagine si separano, non stanno più insieme, volano in direzione delle ruspe, come volessero sfidare le gigantesche ruote.

Elena vede le immense creature arancioni avanzare, sorde alle sue urla, cieche e indifferenti a tutto ciò che scompare sotto la loro mole implacabile.

A pochi metri da lei uno dei due uomini alla guida alza le braccia all'improvviso, porta le mani alla fronte. La bambina è talmente magra e diafana da apparirgli come un fiammifero che ondeggia. Sono solo frazioni di secondo quelle che passano prima che la ruspa si blocchi. Elena distingue i lineamenti del guidatore dietro il lunotto. È un operaio di suo padre. Ha gli occhi sbarrati. Lei ha ancora nelle orecchie il suono del clacson, fortissimo, un richiamo disperato per avvisare l'altro operaio che guida la ruspa in arrivo alle sue spalle.

Elena resta immobile, la coperta che aveva addosso è scivolata ai suoi piedi e lei ci crolla sopra, ci sviene sopra, ci vomita sopra. L'uomo scende dalla ruspa e fa un segno al suo collega che è smontato dall'altro veicolo. Forse è già morta, ha gli occhi chiusi, fa la morta, mentre sente uno dei due dire: «È la figlia del padrone».

I morti sono così, in balia di altri morti che si credono vivi. Poi non sente più nulla. Ha freddo, un freddo pungente che risale dai piedi fino alle ossa del cranio. Non sa niente della morte a parte l'espressione sulla faccia del nonno prima che lo seppellissero.

Quando si risveglia è nella sua camera. Ha pianto, il cuscino è bagnato. Ha i capelli ancora stretti nelle trecce che adesso pendono più storte. È interamente vestita, con tanto di scarpe ai piedi. Nella penombra della stanza continua a piangere.

In casa non ci sono rumori. La domenica pomeriggio il fratello grande va allo stadio comunale con il padre. Si ostina a chiamarlo "mio fratello grande" anche se, da quando è morto Luigi, le è rimasto un solo fratello e l'unico aggettivo per definirlo è "cattivo". Il fratello cattivo è dunque allo stadio con il padre. Sugli spalti rimbalzano le loro urla, gli insulti, le maledizioni che mandano a chi corre in un misero campo di provincia coperto di erba e di fango.

Elena sente il vento che ha ripreso a soffiare forte sulle persiane semichiuse.

A un tratto si alza, si appoggia con la schiena al cuscino. Ha un dubbio, un terrore di cui deve liberarsi subito, prima che faccia buio. Scatta in piedi, si butta una coperta pulita sulle spalle e se la avvolge intorno. Scende le scale e corre fuori evitando di passare dalla porta della cucina, dove potrebbe esserci la madre. Fa freddo, il sole è già calato, ma il vento spazza le nuvole e l'aria è tersa, luminosa. Corre, vuole tornare al suo rifugio, quello da cui è sbucata come un animale selvatico per non farsi travolgere dalle ruspe. Continua a correre anche quando arriva sul posto, corre a perdifiato guardandosi intorno, corre cercando ciò che non trova, che non troverà mai più, corre mentre le lacrime le rigano le guance. La coperta si solleva come un lugubre mantello e vola via, verso il mare. La distesa di sabbia adesso si allunga a perdita d'occhio, fino a dove qualche ora prima c'era un mondo ancestrale. Elena continua a correre lungo la battigia che ora è simile al resto del litorale, alle spiagge già spianate per far posto agli ombrelloni. Arriveranno anche lì, nel suo amato deserto, allegre file di sdraio che modificheranno i luoghi e la memoria.

L'elicriso maciullato dalle ruote delle ruspe è ammassato in cumuli giallastri. Sulla sabbia i denti dei rastrelli hanno completato con diligenza la distruzione. Il mondo che è sopravvissuto lì per migliaia di anni è sparito in un mattino, senza lasciare traccia, e l'unico modo che ha per conservarne un ricordo è vendicarsi: raccontarlo.

13

"Tu non puoi immaginare cosa sei per me e ti porterò sempre nei miei ricordi."

Fabio lo scrive senza pensarci, senza accorgersi che è strano parlare di ricordi quando si è solo all'inizio di una storia, è anomalo usare il verbo "ricordare" – verbo di ciò che è finito – per parlare di un amore eterno. Elena ha la tentazione di fargli notare il controsenso. Scrive un messaggio e poi lo cancella. Di amore eterno si può parlare solo con un filosofo o con un pazzo. Lui sembra un disperato. Le ha detto di aver fatto un sogno triste che la riguarda, ma non vuole raccontarlo, non glielo racconterà mai.

Da quasi un mese si scambiano messaggi senza incontrarsi. La lontananza li divide e li unisce. «L'attrazione può esistere solo tra persone destinate a non raggiungersi,» osserva Elena «dunque eviterei il rischio della retorica.» Glielo dice al telefono una mattina, mentre è al mercato e le voci dei venditori di frutta fanno da sottofondo. Dall'altra parte non arriva nessuna risposta, solo una faticosa risata di circostanza. Elena sta cercando di dimostrare a se stessa che Fabio non è l'uomo che cerca, ammesso che stesse cercando qualcuno quando l'ha incontrato, ammesso che abbia senso dimostrare un'evidenza. Ma tutto questo non glielo dice.

Anzi. Inizia da quel giorno a scrivergli lunghi messaggi, guardandosi bene dal parlare di cose di una qualche importanza. Usa un tono da reportage giornalistico, da rubrica di consigli per cuori infranti. Scrive di sé, ma schermandosi dietro a un muro di parole. E questo è proprio lui a farglielo notare, un giorno. Dice che lei forse sta esagerando in quel gioco, la deve smettere di comportarsi così. Non è in corso un assalto, non ha motivo di proteggersi sino a quel punto. Fabio si lamenta della sua sconsiderata perfezione e pronuncia la parola "perfezione" con lo stesso tono che userebbe per "delusione". È la prima volta che si lamenta di lei. Ha smesso di scriverle quanto la ama, quanto lei sia importante. "Certe cose smettono di essere vere proprio quando si rinuncia a dirle" pensa Elena. "Non il contrario, forse."

A ogni slancio di Fabio, Elena ha reagito in modo opposto, impegnandosi a fissare i picchetti che tengono a terra la mongolfiera, quella su cui Fabio cerca di sollevare le loro vite pesanti.

«Sei algida» le dice.

«Non mi pare» risponde Elena.

La donna a cui Fabio scrive non è la stessa di oggi. Oggi, rileggendosi, Elena direbbe di se stessa: "Ero glaciale". Non sa spiegare perché abbia scelto di comportarsi così. Forse perché si sentiva al sicuro. Forse perché Fabio non aveva niente di interessante da dirle, niente che la colpisse per qualche motivo. Niente di speciale, insomma, per essere un grande amore. Eppure Elena non riesce ancora a fare a meno del suo modo adorante di dirle cose gentili, di farle complimenti che, sin dal primo momento, le sono apparsi ridicoli.

«È scorretto farmi domande senza mai esporti» si lamenta Fabio al telefono. «Quando si tratta di parlare di te, sei evasiva.»

Ogni tanto infila qua e là una parola forbita che spesso fa

a pugni con la sintassi. Poi riformula la frase, la ammorbidisce. Si accorge di aver esagerato. Non c'è motivo per cui lei debba rispondere a domande personali. In fondo loro sono soltanto degli sconosciuti che si parlano e si scrivono, sono due che si scrivono proprio per continuare a restare sconosciuti.

«Perché non mi dici mai quel che pensi quando ti chiedo se vuoi rivedermi?» urla Fabio un giorno. Si accorge di aver alzato troppo la voce e riprende a volume così basso che Elena fatica a capire le parole. «Ci vedremmo, ci incontreremmo se davvero ti importasse qualcosa di questa storia.» Pochi istanti e cade la linea.

Fabio non rifarà più una domanda così, non si azzarderà, non le chiederà più nulla in modo tanto diretto. Nei messaggi successivi si limita a domande di circostanza: "Come stai?", "Hai già pranzato?", "Sta piovendo?". Elena risponde a monosillabi. Gli inoltra le notizie prese da agenzie di stampa che condivide con alcuni colleghi. Per Fabio la passeggiata nel mondo di Elena è diventata estenuante. Lei l'ha fatto entrare nel suo giardino aprendo il portone del muro di cinta, ma subito dopo l'ha abbandonato in un labirinto. Fabio non vuole lasciare orme che possano infastidirla.

Elena non ha nulla da dirgli: è un fatto. Alle domande di Fabio, ormai innocue, risponde con lunghe frasi sul senso della vita, quello che non ha mai trovato, e aggiunge istruzioni per raggiungere un'esistenza piena e felice, quella che non ha e non ha mai avuto. La parte più misteriosa della storia riguarda proprio lei. Alle cose insensate fatte in quel periodo, c'è una sola spiegazione: ha preso tempo. Ha cercato di tenere in piedi il rapporto come si fa con una vecchia abitudine di cui è difficile sbarazzarsi.

"Non so più se mi piace, l'ho visto una sola volta e per un tempo brevissimo" pensa Elena prima di scrivere.

"Non so se vedendoti mi piaceresti, non mi ricordo..." digita sul telefono. "E se incontrandoti tu non mi piacessi?" aggiunge senza paura di ferirlo. "Come potrei dirti che non mi piaci senza offenderti?" Neanche a dodici anni avrebbe scritto cose simili. Ma lei non ha niente da perdere. "Non ho niente da perdere" si ripete nello specchio sopra il lavabo mentre si lava i denti. La parte della crudele, dell'indisponente, le calza come un abito di moda destinato a non durare. Vuole essere sprezzante, vuole essere odiosa, esagera per rendersi insopportabile.

Passano ore a scriversi, dal mattino fino a notte fonda. Elena interrompe il suo lavoro di continuo per leggere e scrivere, come un acrobata impegnato in un gioco di equilibrismo e destinato a crollare miseramente. Diventa ridicola quando tenta una battuta ironica, quando rifugge dai velati inviti di Fabio. È patetica nel negare a se stessa che ha bisogno di quella confusione, che le manca l'aria se pensa alla sua vuota densa vita di prima.

Fabio non scherza, al contrario di quanto lei ha pensato all'inizio. Non ci sta soltanto provando. C'è qualcosa di sincero nella cautela con cui cerca di avvicinarla, nella paura di fare una mossa sbagliata e rompere malamente il vetro che li divide. La differenza tra un grande amore e una perdita di tempo è sottile.

Una sera Elena gli scrive: "Vorrei che mi mandassi una tua foto".

"Che tipo di foto?"

"Una foto in cui ti riconosci. Non in tutte le foto ci riconosciamo" gli dice. "In certe immagini, per esempio, io non mi sento rappresentata per come sono davvero. Dunque voglio che mi mandi una foto che ti somiglia, che ti rispecchi in corpo e spirito."

Il tempo di risposta è la misura dell'imbarazzo che Elena ha generato in Fabio. Dopo un'ora lui invia faccine sorridenti. "Non so da dove iniziare" confessa. Non si è mai posto il problema di somigliarsi, non si è mai fermato a riflettere su arzigogoli simili.

Elena gli ripete che vuole una sua foto, un'immagine che lo rispecchi. Solo così potrà conoscerlo veramente. Lei farà altrettanto, gli manderà una foto in cui si sente se stessa, una foto pubblica, ovviamente, perché non è il tipo che manda foto private agli sconosciuti. Fabio è d'accordo. Ci prova, le dice. Però deve pensarci sopra ancora un pochino. Dopo due ore Elena riceve un suo messaggio. Lo apre. Nella foto c'è il muso di un cane marrone che copre quasi del tutto la faccia di un uomo. Mentre Elena osserva l'immagine, ne arriva una seconda: si vede il mare e sul lato destro ancora un viso sfocato. Poi ne riceve una terza: è stata scattata di sbieco, del volto in primo piano si vede solo un occhio e un pezzo della fronte, mentre sullo sfondo ci sono due maschere di carnevale stampate su un manifesto.

Elena invece gli manda una foto comparsa su un giornale. C'è lei in piedi sul palco di un teatro affollato. Poi ne cerca una seconda, un primo piano in cui sorride, una delle rare volte in cui sorride in una foto.

"Sei bella" risponde Fabio. Ripete che secondo lui è molto bella e in fondo questo lo spaventa, perché ci sono ormai troppe cose che gli piacciono di lei, troppe cose belle tra tante insopportabili. Le piace a tal punto "da provare un certo dolore". Le scrive proprio così, "un certo dolore". Nessuno le ha mai detto una cosa simile. Quanto quella frase sia appropriata Elena lo scoprirà qualche mese dopo, cadendo sulle spine della loro separazione e sanguinando.

14

Elena ha cercato il suo indirizzo per un mese, poi ha saputo che nel frattempo il professore aveva cambiato città. È ormai molto anziano, aveva trent'anni quando ha fatto il suo intervento al convegno sulla tutela delle coste, un incontro voluto da tecnici e politici per discutere dell'erosione del litorale e del rischio di risalita del mare, problemi urgenti negli anni Sessanta. Al tempo sedeva dalla parte dei politici, ma con una laurea in Scienze geologiche.

Vive in un palazzo di periferia e accoglie Elena sul pianerottolo di un appartamento dignitoso ma modesto per un uomo che ha ricoperto incarichi illustri lungo un ampio arco di tempo. La moglie è morta. In casa con lui vive una badante rumena che sta preparando il minestrone in cucina.

Il professore la fa accomodare in soggiorno e si siede in poltrona. Ha un pullover lavorato ai ferri, un'esecuzione non perfetta, con buchetti qua e là. L'ultimo regalo di sua moglie, dirà a Elena. Stira con le mani il bordo della cravatta di maglia annodata con cura. Il soggiorno è attiguo alla cucina e l'odore di sedano rende la conversazione familiare.

Dei relatori di quel convegno è l'unico ancora in vita. Gli altri erano più vecchi di lui e sono pian piano scomparsi;

uno dopo l'altro hanno smesso di partecipare alle discussioni pubbliche e poi agli incontri nel bar storico, dove si ritrovavano insieme finito il lavoro per giocare a scacchi. Non ha mai smesso di frequentare i suoi colleghi fino a quando non se ne sono andati tutti all'altro mondo. A quel punto ha preferito cambiare città, si è allontanato solo di pochi chilometri, ma sufficienti per non dover assistere allo spettacolo delle sedie vuote intorno a un tavolo di fantasmi.

Elena tira fuori dalla borsa il suo taccuino. In biblioteca ha fotografato le pagine del libro che raccoglie gli interventi dei partecipanti al convegno, sono tutti elencati dopo il sommario, con a fianco la loro qualifica. Glieli mostra. Lui scorre i nomi e li legge sottovoce, interrompendosi ogni tanto. È pallido, si passa il fazzoletto sotto gli occhi, mentre una tosse stizzosa gli incrina la voce. Guarda oltre i vetri come se cercasse l'ispirazione per qualcosa da dire, qualcosa di cui aveva iniziato a parlare tanto tempo prima senza ricevere attenzione. Per questo ha smesso. Evocare i suoi colleghi è un'emozione troppo forte per l'uomo che è oggi, un pensionato intristito dalla solitudine, con armadi pieni di ricordi che ogni tanto scivolano fuori creando un gran disordine.

Sul taccuino Elena ha ricopiato le sue frasi, quelle che l'hanno colpita di più e l'hanno condotta nella sua casa dopo un mese di complicate ricerche.

Al telefono lui è incredulo, gli pare impossibile che Elena abbia trovato documenti da anni dimenticati negli archivi della biblioteca. Gli sembra inverosimile che lei si sia appassionata a pagine ingiallite di un opuscolo pubblicato al tempo per un gruppo ristretto di addetti ai lavori.

«Sto preparando un'inchiesta» gli spiega Elena al telefono. «Voglio capire i motivi che hanno spinto tutti a nascondere per decenni dei pericoli che adesso ci mettono a serio rischio.»

«Evviva» dice il professore, ma il suo tono contraddice l'apparente entusiasmo.

Adesso sono uno di fronte all'altra. La conversazione sembra però più difficile che al telefono. Elena non è così ingenua da non immaginare gli interessi che hanno ostacolato gli studi sull'erosione costiera e i progetti per contrastarla, non fatica a ipotizzare le speculazioni che c'erano dietro. Non la sorprende neppure che i politici si siano tenuti alla larga da temi che di certo non portano voti, ma vuole sentire da un testimone oculare, da una persona che ha cercato a suo tempo di portare alla luce il problema, se davvero si può essere così stupidi e irresponsabili da mettere a tacere chi ha tentato di trovare una via d'uscita da una tragedia incombente.

Il professore sospira fissando il pavimento. Poi si volta verso di lei.

«Mai sentito parlare del senso di colpa?» dice a un tratto.

«Cosa intende dire?»

«Voglio dire che mi pareva di aver fatto il possibile per allertare tutti, spiegando come l'erosione della costa renda il mare una minaccia sempre più grave. Non sono stato ascoltato e, se è successo, è perché non ho fatto abbastanza.»

Elena sfoglia il taccuino e trova il passaggio cruciale dell'intervento che il professore aveva presentato al convegno.

«È un po' lungo, ma voglio leggerglielo tutto, se ha la pazienza di ascoltarmi. Mi sembra che lei sia stato magistrale.»

Il professore accenna un sorriso. «Se sono stato davvero magistrale, mi ascolto volentieri. Proceda pure.»

Elena si schiarisce la voce e inizia a leggere: «*Se questo convegno fosse un processo al mare, vorrei intervenire come avvocato difensore. Mi sembra che fino a ora si siano ascoltati interventi di parte civile: interventi nei quali il mare ha fatto la parte dell'agente che provoca i danni e l'uomo la parte di colui che si difende dai danni del mare. Credo però che, accanto al mare, anche un altro accusato dovrebbe figurare come imputato sui banchi di questo convegno: l'uomo, appunto».*

Elena si ferma. La lettura si fa difficile anche per lei. La tocca da vicino, le scatena ricordi spiacevoli. Alza gli occhi e incrocia lo sguardo del professore. Le pare abbattuto. Entrambi restano in silenzio. Ciò che avrebbero da dire l'hanno scontato nel corso delle loro vite, così diverse ma così strettamente legate.

Dalla cucina arriva rumore di stoviglie. La badante continua a trafficare, ma il silenzio prolungato nel soggiorno la spinge ad affacciarsi alla porta. Si pulisce le mani con il grembiule. A Elena ricorda sua madre, sempre intimorita da pericoli a cui non ha mai saputo porre rimedio.

Il professore ha ancora il fazzoletto in mano e gli occhi lucidi. Neanche lui credeva d'essere capace di piangere. Non è una cosa da uomini, il pianto: la sua generazione è stata allevata avendo ben chiara questa regola aurea.

La badante lo osserva e poi guarda Elena in modo severo. «Tutto bene?» chiede, strofinandosi ripetutamente le mani sul grembiule rosso che al centro ha dei disegni verdi e sul bordo una frangia di lana nera. Sembra spinta da un dovere automatico che la obbliga a mettere fine a tutto ciò che può nuocere al professore, soprattutto alla commozione, la forma di disagio più nociva, se per disagio si intende il fatto di emozionarsi ancora. Lei deve occuparsi di lui, ha il compito di proteggerlo dai sentimenti, deve evitargli, in sostanza, il contatto con la vita.

Il professore si alza in piedi, si soffia il naso e con la mano fa un gesto per tranquillizzarla, come a dire: "Non mi stanno torturando, o meglio, sono io che voglio farmi torturare dal passato, desidero concedermi questo lusso".

Forse Elena ha esagerato. Voleva guardare in faccia

l'uomo che ha avuto il coraggio di dire ciò che altri hanno taciuto, ma non doveva andare oltre evocando ricordi troppo personali. Non fanno bene neanche a lei.

La badante esita a tornare in cucina. Non sembra convinta di volerli lasciare soli, fuori dal suo controllo, ma il professore stavolta si impone: «Per favore, Ioana, ci lasci lavorare».

«La prego,» dice poi rivolto a Elena «può proseguire la lettura?»

Elena riapre il taccuino e cerca il segno. Riprende a leggere l'intervento che, a ogni parola, appare sempre di più uno scritto profetico. Evidenziava problemi già prioritari cinquant'anni fa, ma non affrontati in modo concreto.

«*Quando avessimo compiuto tutte le ricerche tecniche per indagare come si comporta il mare sulle nostre coste, a che conclusione potremmo arrivare? Che il mare esercita un'azione meccanica dalla quale la costa continuamente deve difendersi. E si può difendere solo nella misura in cui non viene messa in crisi da altri agenti.*»

Il professore le fa un cenno con la mano, sembra che all'improvviso gli sia venuto in mente qualcosa di importante. Elena smette di leggere e beve un sorso d'acqua da un bicchiere che la badante ha poggiato sul tavolo insieme a una bottiglia. Lo osserva mentre lui apre l'anta di un armadio. Dentro c'è una struttura metallica che trattiene tanti fascicoli. La stanza si riempie di un profumo d'inchiostro stantio e di carta.

«Solo un attimo» le dice senza smettere di cercare. «Maggio 1966, non è vero?»

«Esatto. 23 maggio 1966.»

Il professore sembra compiaciuto. La memoria non gli fa difetto come pensava. Con il dito scorre una fila di libricini, poi si ferma su uno e lo tira fuori.

«Pagina?»

«Cinquantacinque» dice Elena, come se avesse capito dove vuole andare a parare, senza bisogno di ulteriori spiegazioni.

Il professore sfoglia le pagine. «Ecco!» esclama soddisfatto rimettendosi in poltrona. Poi sostituisce gli occhiali con un altro paio appoggiato sul tavolino e inizia a leggere. «*Cosa accade quando la vegetazione non c'è più? Quando ginepri e cardi che i nostri bagnini spiantano non ricrescono più? Accade che la duna sospinta dai venti arretra e arretra. E così di conseguenza scompare lo scivolo che attenuava l'onda di bufera, inverno dopo inverno.* Continuava così la pagina che mi ha letto, non è vero?» domanda il professore visibilmente commosso.

Serve a entrambi una pausa. Hanno la faccia di chi aveva in mano dei numeri vincenti e non li ha giocati al momento giusto.

«La prego, continui lei» chiede il professore, che adesso sembra stupito dalla lucidità dimostrata in quegli anni in cui pochi stavano a sentirlo.

Elena riprende a leggere: «*Dunque cosa è accaduto in questi ultimi cinquant'anni, cioè a partire dagli anni Venti? Quante volte abbiamo visto spianare le dune perché era più agevole piantarci sopra gli ombrelloni, senza ricostruirle in autunno quando i bagni vengono smontati? È così che il mare penetra sempre più in profondità nella costa*».

Nelle ultime pagine del taccuino Elena ha segnato le ingenti cifre che sono state spese per le opere in mare, senza mai intervenire sul ripristino dei danni causati dagli uomini sulla terraferma. Le ha stampate su un foglio che lascia al professore. Gli chiede di fare un controllo. Sono cifre che lei ha ricostruito impiegando molto tempo e non è stato facile calcolarle, essendo spezzettate sui bilanci di varie aree costiere.

Lui tiene il foglio tra le mani come se si trattasse di una preziosa reliquia. Aveva intuito cosa sarebbe successo, ma non avrebbe mai pensato di leggere nero su bianco gli esiti della peggiore tra le sue ipotesi.

«L'elicriso» dice a un certo punto sollevando lo sguardo su Elena. «Lei conosce questa pianta?»

«I cespugli di elicriso erano i miei nascondigli da bambina...»

«I Greci lo definivano l'immortale. Ne erano così impressionati da utilizzarlo per incoronare le immagini e le statue di Apollo. Era il simbolo dell'amore.»

Elena sorride. Vorrebbe dire tante cose, ma non riesce a fare altro che sorridere. Il professore ha citato un fiore che per lei rappresenta il passato, è il suo "tempo perduto", l'intervallo di tempo che secondo gli scienziati trascorre fra uno stimolo nervoso e una reazione. A noi pare che la reazione sia immediata, ma non lo è. In quella durata che sfugge ai calcoli, che si nasconde a chi cerca di rilevarla, lei percorre la distanza siderale tra la bambina di allora e la Elena di oggi.

«Vuole fermarsi a pranzo?» chiede il professore.

«No, la ringrazio, quando torno da queste parti preferisco pranzare a casa mia.»

Mente. Ormai sono anni che, quando torna dove è nata, guida per chilometri tenendosi a distanza di sicurezza da ciò che ancora le fa male. Casa sua, per esempio.

Mette il taccuino nella borsa e si alza. Il professore si sistema la cravatta. Fatica a sollevarsi dalla poltrona e allora lei gli tende una mano.

«È stato importante» gli dice guardandolo negli occhi, prima di avviarsi in corridoio. Glielo sussurra anche sulla soglia d'ingresso, mentre esce. Gli telefonerà tra una settimana, così lui avrà tempo di leggere i calcoli e dirle cosa ne pensa.

«Abbiamo sprecato troppe occasioni» osserva il professore seguendola sul pianerottolo, mentre lei scende le scale. «La vita è un grande spreco.»

15

«È un grande spreco.» Elena lo ripete mentre cammina sulla battigia lasciando impronte che il mare cancella. Misura a occhio il livello dell'acqua. «È cresciuto ancora» dice tra sé. Il professore riderebbe di lei se la vedesse ora. È vero, però, che quel pomeriggio le onde hanno trascinato via altra sabbia, sventrato un altro pezzo di spiaggia. A ogni mareggiata c'è chi si impegna a ricostruirla e per farlo distrugge un fiume, una collina, i luoghi dove l'oro grigio riposa da millenni, acquistando ogni giorno più valore. Sembra il mito di Sisifo questa storia, da decenni sempre uguale. Fatiche inutili. Difficile immaginare Sisifo felice nel suo sforzo di rimediare ai propri danni.

Davanti al mare, ogni mercoledì, Elena pensa che la battaglia sia persa. Pensa che ormai è troppo tardi, come quando in amore vuoi rimettere al loro posto cose che non hanno più un posto, che non esistono più, per esempio i baci: i baci di Fabio al loro primo incontro, in aprile, nel buio della metropolitana di una città piovosa e fredda.

"Ciò che chiamiamo solitudine" ha scritto Elena in uno dei tanti monologhi che si ostina a inviare a Fabio "è la paura di non avere più ciò che abbiamo già avuto e il timore di non trovare mai ciò che non conosciamo ancora ma già ci appartiene."

È iniziata così la loro relazione: dopo tante inutili parole.

Per l'appuntamento Elena sceglie una città sul mare, a metà strada tra loro. Ha deciso di incontrarlo quando Fabio ha smesso di mandarle messaggi. Da qualche giorno è sparito. Forse non sa più che dirle o vuole farle pesare la sua assenza, punirla per le frasi carine che da qualche tempo ha iniziato a scrivergli ma che suonano artificiali.

Elena lo cerca solo quando si sente perduta. Lavora per molte ore al giorno, ma niente la appassiona, niente la interessa. Per questo gli scrive, certa già di non ricevere in cambio le parole giuste a cui Marco l'aveva abituata, quelle che ogni tanto va a rileggere senza riuscire più a provare l'emozione di allora.

"Non possiamo tornare a prima?" scrive a Fabio una sera rientrando a casa dopo una giornata di interviste. Le mani le tremano e fatica a comporre il messaggio. "Non possiamo tornare a quando tu mi scrivevi d'amore e io ti parlavo di geopolitica, di cambiamenti climatici? Stasera ho i nervi a pezzi. Sì, a pezzi. Resta con me, Fabio. Parlami. A che stai pensando? Non lo so mai a cosa stai pensando."

La sua risposta tarda ad arrivare, ed Elena si convince di aver perso su un terreno facile, che però ha sottovalutato per inesperienza.

Passano i minuti, li conta, controlla e ricontrolla lo schermo del telefono. Forse ha inavvertitamente tolto la suoneria, è rimasta senza credito, senza connessione con l'uomo che potrebbe salvarla. Si sta lavando i capelli nella doccia quando sente il suono di un messaggio in arrivo. Si libera della schiuma che ha tra le dita con l'asciugamano e prende il telefono. È Fabio. Mentre legge i capelli bagnati gocciolano sul lavandino.

"Non so cosa sta succedendo, non ci capisco più niente..."

Elena ha rovinato tutto, se ne accorge in quel momento. Lo sta facendo dall'inizio, deliberatamente. Rovinare tutto. L'ha sempre rimproverato a suo padre e ora si rende conto di avere addosso il suo stesso vizio, una tara genetica, il marchio di una stirpe a cui si ribella ma alla quale appartiene.

"Ho esagerato" scrive in fretta a Fabio mentre i capelli le bagnano l'accappatoio. "Non mi interessano più le notizie, le inchieste e tutte quelle cose di cui ti ho parlato. Voglio andare al mare, rimanerci anche solo poche ore. Se ti va puoi venire con me."

Invia il messaggio e subito si pente. Non hanno niente da dirsi loro due. Non hanno nulla in comune. Eppure Elena adesso vuole a tutti i costi fare un passo verso di lui. Non sa dove potranno andare a finire, non saprebbe descrivere né un luogo né una situazione in cui vorrebbe trovarsi, le interessa soltanto una direzione che chiama "lontano da Marco", lontana da un amore che in lei si è spento e non riscalda più. Tutto è finito per colpa sua, tutto è finito senza che nessuno dei due avesse colpe. Ne soffre, ma non sa tornare indietro, ha perso la strada per quella casa in comune che non hanno mai avuto, senza la quale si sente libera e smarrita.

È per paura di sprecare la storia con Fabio, forse la sua ultima storia, che sull'agenda sceglie un giorno a caso in una settimana a caso. È per la paura di non trovare più il coraggio di credere ancora in una storia d'amore. Non consulta neanche il meteo, non le interessano le previsioni del tempo. Non sa cosa sta facendo e non intende domandarselo. Si sente come una persona costretta a scegliere gli effetti personali da mettere in salvo quando ha la casa devastata dalle fiamme, e a un certo punto, per il troppo indugiare, soffoca nel fumo.

Poi si addormenta sul copriletto.

Al risveglio ha deciso. Parlerà con Fabio, si scuserà con lui. Se lui vorrà, resteranno amici. È chiaro a entrambi che non ha senso andare avanti. Si siede contro la testiera del letto. Quella decisione la fa stare già meglio. Allunga la mano verso il comodino e prende il telefono. Lo schermo è illuminato. "Amoremio" vede scritto tutto attaccato sul display. Elena lo fissa finché la frase non sparisce. "Amoremio buongiorno" le scrive di nuovo Fabio poco dopo. Prima che il messaggio svanisca, Elena gira il telefono a faccia in giù e si rimette a dormire.

A tre giorni dall'incontro con Fabio le previsioni danno pioggia al cento per cento, temperature in calo, vento a raffiche. "Vogliamo cambiare giorno, amoremio?" L'unica risposta sensata sarebbe: "Sì". Ma Elena non è mai stata tanto determinata, tanto decisa ad andare avanti in un progetto in cui non crede. Le previsioni peggiorano. Fabio le chiede di nuovo se desidera cambiare la data. Non desidera. Allora lui le chiede se preferisce cambiare città. Non preferisce. Si vedranno alla stazione e poi decideranno che fare.

Quando arriva il giorno, Elena rischia di perdere il treno. Esce di casa volendo già tornare indietro, volendo cambiare programma. Eppure l'idea di non vedere Fabio la fa stare male. Non ricorda quasi il suo viso. Per rammentarlo deve guardare più volte la foto che le ha inviato qualche giorno prima. "Bello come un dio pagano" ci ha scritto lui sotto. A Elena la foto non piace. Non sa che effetto le farà vederlo di persona, e riflette su quell'occasione come l'ultima occasione che le resta al mondo.

Durante il viaggio la pioggia batte sui finestrini. Il cielo è nero e, nonostante scarichino acqua in quantità mai vista, le nuvole restano pesanti, torve, un soffitto di ferro.

Alla stazione deve aspettare, il treno di Fabio arriverà un quarto d'ora dopo il suo. Si siede nell'ingresso, sotto una cupola di vetro luminosa, e ascolta il rumore della pioggia che cade incessante sul suo bisogno di arrivare in fondo alla giornata. Legge alcune pagine di un libro che ha in borsa.

Per un attimo, confusa tra i viaggiatori che le siedono intorno, ha l'impressione di essere felice.

Il tabellone luminoso annuncia un ritardo: altri quindici minuti di attesa. Il maltempo sta creando problemi alla linea ferroviaria. Elena aspetta. Vuole aspettare. Si sforza di non pensare a nulla che non sia l'attesa di un amore.

Il treno di Fabio è finalmente sulla banchina, il numero del convoglio lampeggia sul tabellone. La emoziona l'idea di trovarselo di fronte. Davvero si ricorda poco di lui. Si sistema i capelli, la sciarpa, e controlla il rossetto. Riprende a leggere il suo libro, ma non capisce il senso di ciò che legge. A un tratto una mano copre la pagina. Alza lo sguardo. Davanti a lei due occhi azzurri sorridono.

Fabio è molto più attraente di come lo ricorda, indossa un abbigliamento sportivo sui toni del blu e del verde.

"Da lontano ho visto una donna che mi piaceva. Sono contento che sei tu."

Ridono. Non è abituata ai complimenti, alla galanteria. Non ha mai dato credito a queste cose che invece adesso la ipnotizzano. E ci crede senza dubbio, non vuole avere dubbi, solo certezze, avendo sempre ritenuto le certezze cose ridicole.

Fabio parla del ritardo del treno, della pioggia, del freddo improvviso... È chiaro il suo imbarazzo. Quando Elena si alza dalla panchina della sala d'aspetto, le dà un bacio sulla guancia e le appoggia una mano sulla spalla. Escono così dalla stazione, come due persone che non si conoscono, come due estranei che non hanno motivo di amarsi.

16

Prima che Luigi muoia nella cava, Elena lo porta spesso al fiume. Lo tiene stretto per mano senza mai lasciarlo. È giudizioso e obbediente, ma lei ha paura di perderlo. Lui le cammina a fianco come un soldatino e le chiede il permesso per lanciare sassi sull'acqua o inseguire gli uccelli che strappano pezzi di pesce dalle reti alla bocca del fiume.

Il corso d'acqua attraversa la città, scorre dritto, è un'autostrada che arriva al mare, una spessa linea blu che si allarga e a un tratto diventa Mediterraneo. Loro raggiungono la foce a piedi passando per le spiagge.

Luigi osserva l'immensa distesa azzurra con un sorriso. Forse sa già come andrà a finire, sa che tra poco sarà libero di vagare nello spazio che noi chiamiamo morte, al confine tra finito e infinito.

Luigi ha lo stesso sguardo di Elena sul delta del Mekong, quando ci arriva con Marco sulle tracce di trafficanti che stanno scavando sabbia. Elena ha gli occhi del fratello quando resta incantata davanti a quell'oceano d'acqua dolce che, a causa delle estrazioni, sta diventando salato proprio come l'oceano.

«Entro la fine del secolo il delta sparirà» le ha detto Marco, che colleziona da tempo i report degli scienziati. «Sono terre fertili che sfamano milioni di asiatici. Non so davvero cosa potrà succedere se non si interviene in qualche modo.»

Il sole è un disco piatto su un orizzonte d'afa. Il fiume è immenso, potrebbe valicare all'improvviso le sue morbide rive verdi ed esondare nelle piane di fango e di riso del sud della Cocincina, la pianura degli uccelli. Marco le dice che mai vedrà altrove fiumi più belli, grandi e selvaggi del Mekong, una distesa d'acqua che si immerge e sparisce nella profondità sconfinata del Mar Cinese Meridionale. Elena osserva l'acqua scorrere rapida in mezzo al paesaggio piatto. Non è più veloce come un tempo, dice Marco, non è più come quando la Terra sembrava inclinarsi per l'immensa quantità d'acqua che il fiume riversava in mare. Oggi in quella parte dell'Asia il livello dell'onda marina si è innalzato ed erode la costa.

Sul traghetto che attraversa il grande fiume, Marco cerca di convincerla. L'inchiesta l'hanno imbastita insieme, ma sarà Elena a portarla a termine. Dovrà farlo da sola e sarà un modo per regolare i conti con il suo passato.

Sul battello viaggiano con la gente del posto, tra ceste di mercanzie e bambini in fasce. C'è odore di spezie, di corde bagnate, di pesce. Poi prendono una piccola barca che li aspetta in una radura. Un uomo con un grande cappello di paglia rema in silenzio. Li conduce a una casa sul fiume. Intorno a un tavolo sbilenco siedono due operai che indossano magliette scolorite. Spiegano a mezza voce che ogni giorno rischiano la pelle in un tratto del fiume non lontano da casa, dove un'azienda draga i fondali asportando tonnellate di sabbia. Uomini scuri, veloci come formiche, la caricano su camion rumorosi, e il giorno dopo è già cemento, è già fondamenta per nuovi quartieri di città infinite, in India, in Cina, nei nuovi insediamenti che si espandono sulla costa del Sudest asiatico. Oppure è nuovi confini: la sabbia rubata in un Paese diventa una nuova lingua di terra in un altro, alterando le carte geografiche e gli equilibri di cartapesta che tengono insieme l'ossatura del mondo.

«E poi ci sono le dighe» dice uno dei due operai sottovoce e, mentre l'uomo che li accompagna traduce, si guarda intorno per accertarsi che nessun altro sia entrato in casa nel frattempo. «La Cina ne ha costruite di enormi e ora può fermare il flusso d'acqua del Mekong verso le nazioni a valle. Se vogliono, possono devastare le economie agricole dell'area e, in caso di conflitto, persino portare milioni di persone alla fame.»

«Un quarto della popolazione mondiale potrebbe essere tenuta in ostaggio senza sparare un colpo di fucile» aggiunge l'interprete passandosi una mano sulla fronte.

Quando Elena e Marco escono dalla casa, nel cielo il sole è più basso, opaco, e l'aria è bollente. È un'immagine che le torna in mente molto spesso. Si mescola ad altri ricordi. Le pare di sentire ancora nelle narici l'odore dell'acqua torbida. Le succede al risveglio quando il fratello ritorna in sogno e le parla di cose da bambini, dei giochi sulle rive del loro fiume con i piedi nel fango e la testa tra le nuvole. Vorrebbe parlarle del padre, Elena lo percepisce, vorrebbe raccontarle cosa è successo quel giorno alla cava, ma la voce del fratello è flebile. Proprio mentre sta per dirle la verità, la sua figura sottile si dissolve tra le lacrime.

Sul delta del Mekong ci sono tanti bambini. Molti vivono su piccole barche. Non hanno più casa perché i mercanti di sabbia ne prelevano smisurate quantità dal letto del fiume che attraversa quell'appendice di mondo e i detriti non si depositano più nel delta. È così che l'oceano entra nei campi e inonda le risaie di sale. Il mare brucia le coltivazioni, desertifica, penetra nella terra che prima nutriva milioni di persone, ora costrette alla fuga, alla ritirata, mentre l'acqua implacabile si innalza e trasforma i luoghi abitati in una nuova Atlantide.

"In questa vita camminiamo sull'inferno guardando i fiori" ha scritto Elena sopra un quadernetto dove, quando era in Giappone, ricopiava haiku da un grande libro.

Davanti alla vasta bellezza perduta che incontra nei suoi viaggi, Elena sa che è giusto continuare il suo lavoro. È una delle poche cose di cui è convinta. Nei momenti di sconforto le immagini del Mekong si sovrappongono a quelle di casa sua. "La fine del mondo non arriverà per volontà di Dio ma per opera dell'uomo" pensa Elena.

Anche il fiume che ha accompagnato i primi anni della sua infanzia ha smesso di portare sabbia sulle spiagge. Viene derubato di nascosto lungo il suo corso, gli vengono sottratte tonnellate di preziosi granelli, è spogliato della ricchezza che per millenni è stata l'habitat di pesci ormai scomparsi. La spiaggia si ritira, divorata dal mare, e la sabbia trascinata via dalle mareggiate, nel suo viaggio di ritorno verso la battigia, è ostacolata da porti e moli. Per questo non si deposita più. L'antico viavai dell'acqua che sottrae e restituisce, riportando a riva la sabbia, è stato alterato da chi, convinto di difendere il litorale, ha bloccato con il cemento il ritorno spontaneo avvenuto per secoli. È così che al danno si aggiunge altro danno: facendo interventi sporadici, mettendo toppe su un abito lacero. Ma la sabbia non ritorna, non ritorna più.

«Mentre il delta del Mekong diventa mare, immense megalopoli si espandono» le ha spiegato Marco, che ha visto con i suoi occhi quelle enormi città costruite sulla riva del mondo. «Risucchiano sabbia per crescere. La loro bulimia le rende colossali e fragili.» Infiniti grattacieli sfiorano i cieli dell'Asia, degli Emirati Arabi. Infinite nuove isole spuntano sul mare come grandi occhi grigi su cui nascono ville, sfrecciano auto di lusso, attraccano panfili. «I vetri dei palazzi, delle barche, dei computer, l'asfalto delle strade, il cemento dei ponti, delle case, delle industrie, tutto nasce dalla sabbia e senza sabbia muore.» La lucidità di Marco e la sua capacità di analisi sono tra i motivi per cui Elena non potrà mai smettere di amarlo.

Elena sa che le spiagge della Terra hanno bisogno di essere nutrite di continuo, l'ha visto. «Ma nessuno vuole cave di sabbia vicino a casa propria» le ha spiegato un geologo italiano conosciuto a Dubai. «Possono essere pericolose per le polveri che smuovono, quel velo impalpabile che danneggia i polmoni.» Elena capisce cosa intende dire, ha visto quello strato di polvere con i suoi occhi di bambina, copriva i mobili e i pavimenti di casa. «Così si ruba, si uccide per depredare luoghi lontani, dove la sabbia è rimasta in pace durante un letargo che ha attraversato le ere geologiche» ha aggiunto il geologo. Lui continua a ripeterlo in ogni occasione, anche se ha dovuto difendersi dagli attacchi legali di multinazionali indispettite dai suoi discorsi pubblici.

«Un giornalista è stato bruciato vivo» le ha detto un collega americano impegnato in un'inchiesta. «Le mafie della sabbia in India non gli hanno perdonato le domande che faceva in un villaggio, dove al posto delle terre coltivate dalla comunità sono comparse immense buche.» Mentre il collega parlava, a Elena pareva di vederle. Erano buche scavate da uomini lucidi di sudore come quelli che lavoravano nella cava di suo padre, disposti a tutto pur di continuare a saccheggiare tonnellate di granelli da spedire alle industrie in ogni parte del mondo o da usare per le spiagge e i palazzi di Mumbai e Nuova Delhi, città che straripano nelle campagne, tracimano, disseminando calcestruzzo ovunque.

I ricordi si confondono. C'è la vita di Elena in questa inchiesta, c'è davvero il futuro del mondo.

Sul traghetto che attraversa il Mekong lei indossa un vestito di seta cruda e un cappello. Ha le trecce, il rossetto sulle labbra. C'è qualcosa di infantile e di perverso nella sua ostinazione ad andare avanti, azioni degne di un romanzo epico ormai fuori moda.

Ora ricorda il verde, verde e acqua a perdita d'occhio, e poi sguardi, visi, silenzi e paura. La sua vita è assillata dalla pesantezza, le cose leggere ci galleggiano sopra come relitti alla deriva destinati ad affondare.

Elena pensa che tra quei relitti c'è anche Fabio, è stata attratta dalla sua leggerezza, ci si è aggrappata e sono sprofondati entrambi. "La leggerezza degli altri non è in grado di tenerci a galla," pensa Elena "specie quando è solo apparente, specie quando è un'infelicità profonda, non addomesticata dallo studio né dalla riflessione."

Pensa al colore del rossetto usato in quel viaggio che si era concluso in Vietnam, rosso lacca, lo stesso che aveva il giorno del suo primo incontro con Fabio, sotto la pioggia, nella città che avevano scelto per vedersi.

Escono dalla stazione. Hanno un solo ombrello. Lui le tiene una mano sulla spalla e dice cose insensate per riempire i vuoti tra loro. Elena è felice, disposta al rischio, e il rischio più grande è crederci.

17

Cammina saltando le pozzanghere. È un gioco difficile quando si è in due sotto lo stesso ombrello. La felicità di poco prima è già passata, si è alzato il maestrale e sembra tornato l'inverno.

«Potevamo cambiare giorno» dice Fabio, un'idea condivisibile, sensata, che però è di pessimo gusto esprimere in quel momento, soprattutto con una come Elena, che custodisce già un'interminabile lista di sensi di colpa. L'aver trascinato Fabio in quella situazione aggiunge un nuovo punto all'elenco. Forse un giorno si fermerà a riflettere, troverà un'etichetta per ciascun senso di colpa, li potrà nominare facilmente, li potrà classificare, per raccontarli alla prima persona che incontrerà per caso su un treno, su un traghetto, entrambi immersi in un viaggio lungo a sufficienza per parlare delle disgrazie della vita, ma breve abbastanza per esimersi dai commenti, dal proposito malsano di dare consigli o di farsi carico delle soluzioni.

«Avresti preferito cambiare giorno?» chiede Elena, insistendo su un argomento da cui sarebbe bene stare alla larga.

«No, no, assolutamente no... Era solo per...» Gli occhi chiari di Fabio contrastano con le nuvole nere che incombono dietro gli alberi. Dalla stazione si intravedono le ciminiere del porto e la sagoma di alcune navi mercantili.

È un giorno che somiglia a un inizio, a una fine, a un tempo che per ora non si mescola alla vita normale. È una bolla, una parentesi, non appartiene alla loro quotidianità. Elena si muove tra le pozzanghere e parla di argomenti che non saprebbe affrontare un minuto dopo. Dice cose vere che suonano false perché nessun discorso sembra adatto alla loro conversazione. Non è il vento né la pioggia a infastidirla, bensì la nuvola nera che la App del meteo ha piazzato su quel giorno, unica data disgraziata in una settimana di sole. Era un segno, se solo lei credesse ai segni.

Camminano vicini. La pioggia è finissima, arriva di traverso, a raffiche, solleva l'ombrello e lo piega all'insù. Le goccioline, miste al salmastro che giunge dal mare, pizzicano il viso. "Insopportabile" è la parola che vorrebbe gridare a squarciagola per tirare finalmente fuori tutta l'esasperazione accumulata dal giorno in cui lei e Fabio si sono conosciuti.

Ma intanto Fabio la prende per mano. Si voltano entrambi, l'uno verso l'altra. Si guardano negli occhi e ridono. Ora sembra più facile sopportare la burrasca.

«Forse era meglio se cambiavamo giorno» dice Elena mentre il vento le scompiglia i capelli.

«A me piace» dice lui. «Questo tempo schifoso mi piace.» Fabio ha il fondo dei pantaloni inzuppato d'acqua e il suo impermeabile è troppo sottile per il freddo che scende dalle alture dietro la città. «A me piace» ripete di nuovo. «Non avrei mai pensato che questo schifo potesse piacermi così.»

Continuano a camminare. Poi Elena scoppia a ridere. I rivoli di pioggia gorgogliano rumorosamente nelle grondaie ingolfate e scorrono poco dopo sui marciapiedi lucidi, giù, verso il porto, verso la linea di luce che separa il grigio del mare dal grigio del cielo.

Fabio ride a sua volta, poi parla di cose alla rinfusa, fa domande a cui Elena replica senza un filo logico. Risponde senza tener conto della domanda e lui allora fa nuove domande senza ascoltare le risposte. Parlano senza dirsi niente, due sconosciuti sotto la pioggia, in mezzo alla burrasca delle loro vite che li soffierà via, sempre più lontani. Sotto quel cielo di ferro sono felici, felici come tutti i disperati quando riescono a distrarsi da se stessi.

Nel porto le barche dondolano, oscillano in balia del moto ondoso che muove gli ormeggi. Le sartie e gli stralli in acciaio tintinnano come campanelli cinesi sulle porte, i parabordi agganciati agli scafi urtano gli uni contro gli altri e rimbombano nella coda del tuono.

C'è un bar, un piccolo locale con le vetrate che guardano il molo. I vetri sono opachi e all'interno s'intravede una cameriera con indosso un maglione rosa fucsia che li assale come un pugno, risvegliandoli dal grigio e dal freddo. È quasi l'ora di pranzo, ma nella saletta con tavoli bianchi e sedie dalle zampe di metallo ci sono solo tre persone che osservano il cielo, sembra aspettino anche loro che il vento si calmi, che la smetta di trascinarsi dietro quella pioggia fredda. Nel colletto della camicia di Fabio se ne è infilata parecchia. Lei si toglie la sciarpa leggera con cui si è coperta la bocca. Sembrano naviganti in attesa dell'imbarco, pronti a partire per un viaggio di cui non conoscono la destinazione.

Elena sfila la giacca e la appoggia allo schienale della sedia, poi sistema la borsa su quella a fianco e alza gli occhi: Fabio è immobile e la sta fissando, osserva ogni suo movimento. Vuole imprimersi nella mente tutte le fasi di quel loro incontro, di quel miracolo a cui non crede. Non ci crede perché è impossibile che lei sia lì, che abbia accettato il suo invito. Non ci crede perché ha già iniziato il complesso ragionamento che serve a negare il miracolo. Ha un talento naturale per questo, un'abilità maturata in anni di pessimismo, di esercizio della cultura del fallimento. Tra poco glielo racconterà, declinandolo in tanti esempi presi dal suo passato, piccoli aneddoti di cui ride tenendo la testa tra le mani e i gomiti poggiati sul tavolo mentre si stropiccia gli occhi.

Non perde occasione per svilirsi e, nonostante faccia di tutto per mostrare il peggio di sé, a lei piace. Le piace il suo modo di mettere in risalto proprio i lati deprecabili, compreso il fatto che non ha studiato, che non potrà recuperare il terreno perduto, che non potrà farcela a rimontare quello che chiama "lo sbalzo culturale" tra loro due. Fa tutto da solo. Se Elena non conoscesse la storia della propria vita, potrebbe pensare di essere una divinità caduta sulla terra, partita in un giorno di tormenta (con probabilità di pioggia al cento per cento) e arrivata fino a lì camminando sulle acque. Gli aggettivi che Fabio usa per descriverla sono iperbolici ed è quasi un sollievo quando le chiede: «Ti ordino un toast?».

Poi le racconta di suo figlio. Ha quattro anni. Lo vede poco. Quando alla sera rientra a casa dopo il lavoro, si ritrova solo. Ma si sente più solo di com'è, dice ridendo, molto più solo rispetto alla solitudine a cui si è abituato. Le chiede se lei teme la solitudine, dice che è la cosa peggiore. Le dice che vorrebbe assistere al proprio funerale per vedere chi ci sarà, chi spenderà lacrime sulla sua tomba, chi parlerà male di lui.

Elena si tappa le orecchie: «Non voglio sentire! È un pensiero macabro. Non faccio mai pensieri simili. A me non importa nulla di ciò che credono gli altri, e se nessuno piangerà al mio funerale, saprò morire in pace comunque».

Fabio la osserva. Forse non sta scherzando. Forse è seria quando dice che ha imparato a fare a meno di tutto. Forse non scherza quando ripete che non soffre a entrare la sera nella sua casa o in una stanza d'albergo trovandola vuota. «Non patisco» precisa Elena «perché ho imparato a fare a meno di tutto ciò che non c'è.» Poi gli sorride e lui si aggrappa alla speranza che lei stia mentendo solo per impaurirlo. In effetti è probabile che Elena stia mentendo per osservare quale effetto avranno le sue parole su di lui. Forse tra poco negherà che basta a se stessa, smentirà tutte quelle strambe affermazioni, compresa la frase "La mia indipendenza è il mio tesoro più grande". Tutto ciò che Elena dice è una bugia, non può essere altrimenti, sono cose che racconta senza crederci. Eppure non scherza. Lui se ne accorge e resta perplesso. Da piccolo sua madre gli preferiva suo fratello. Come potrà mai lei pretendere che basti a se stesso uno allevato così?

È a quel punto, davanti all'improvviso smarrimento di Fabio, che Elena prova una smisurata tenerezza. Lui è ciò che avrebbe potuto essere lei, se non fosse riemersa, se non avesse risalito la corrente a fatica, aggrappandosi con disperazione agli arbusti sulle pareti del burrone in cui è caduta al momento della nascita.

La cameriera con la maglia fucsia si aggira nella saletta del bar. È luminosa come un fuoco d'artificio. Sistema i tavoli, toglie le briciole dal pavimento. Vuole dimenticare che nel suo locale non c'è quasi nessuno e il maltempo compromette l'incasso di giornata.

Fabio mangia in fretta il suo toast, il freddo gli ha messo appetito. Elena gli cede anche un pezzo del suo. Se solo non fosse vera la faccenda del bastare a se stessa, sarebbe contento, si tranquillizzerebbe un pochino.

Le racconta che da ragazzo si è finto giornalista a un concerto ed è riuscito a intrufolarsi nel camerino del cantante. Gli ha chiesto un'intervista e gli ha fatto tutte le domande che un fan vorrebbe porre al suo artista preferito. «Non si è arrabbiato» dice. «Quando si è accorto che non ero nessuno, ha riso e mi ha stretto la mano.»

«Perché hai usato quell'espressione?»

«Quale espressione?»

«"Non ero nessuno." Perché hai detto una cosa simile?»

«Perché è vero,» risponde con un lampo negli occhi, compiaciuto della sorpresa che ha suscitato «è verissimo: non sono nessuno.»

«Può darsi che tu ne sia convinto, ma nessuno di noi è "nessuno". Proprio per questo, anche se scherzi, non dovresti dirlo mai.»

La osserva in silenzio. «Forse ho fatto male a tirare fuori questa storia...» dice. «La faccenda di intrufolarmi nei camerini mi sembra che non abbia fatto colpo...» Ride, si passa le mani sugli occhi, li stropiccia come fanno i bambini appena svegli. Poi si alza, va verso il bancone del bar, appoggia un braccio sul marmo e la osserva da là. «Vuoi un caffè?» le chiede ad alta voce. Sembra abbia preso confidenza con la cameriera e con l'uomo alla cassa che, probabilmente, è il fidanzato della ragazza nonché il suo titolare. Ora Fabio guarda verso Elena, dando le spalle alla cassa. Pare voglia lasciare la visuale aperta in direzione del loro tavolo, e lei prova l'imbarazzo di trovarsi al centro dell'attenzione. Poi lui torna a sedersi con la tazzina appoggiata su un piattino e versa nel caffè due bustine di zucchero. È un bambino orgoglioso di qualcosa che a Elena sfugge, qualcosa che teme possa essere "lei". È buffa la devozione che le manifesta, la deferenza a cui proprio non è abituata. "No, quest'uomo non è affatto il mio tipo" pensa Elena, mentre lui le sfiora la mano con la punta delle dita.

Ha gli occhi di un azzurro più intenso. Somiglia a un ex fidanzato di Elena che per lavoro si è trasferito in Australia. È stata una storia breve ma ossessionante. Quando è finita le pareva di vederlo dappertutto, si girava di scatto per strada confondendolo con altri che neppure gli somigliavano. Aveva una laurea in Filosofia. Elena ha scoperto di essere bravissima a proiettare sulla realtà una realtà che non esiste. Succede alle persone molto sole.

Fabio parla per riempire ogni spazio. Forse teme che lei possa alzarsi e lasciarlo lì, senza neppure cercare una giustificazione. Fuori continua a piovere. La speranza in una tregua è sempre più insensata, ma restare nel bar non si può, ormai sono gli unici clienti e l'atmosfera è strana, pare di essere a casa di sconosciuti che non hanno il coraggio di metterti alla porta. «Andiamo» dice lui prendendola per mano dopo aver lasciato una banconota sotto lo scontrino.

Escono. Una raffica di vento fa cadere alcuni ombrelloni bianchi, legati insieme da una fune e poggiati contro un muro. Precipitano come soldati davanti a un plotone d'esecuzione, mentre loro si allontanano dal bar, mentre tentano di proteggersi con l'ombrello che adesso ha una stecca rotta e pende da un lato. Sono fianco a fianco. Fabio si volta verso di lei, il suo braccio ora le cinge la schiena. Elena non ha il tempo di pensare. È il loro primo bacio.

18

«Ciò che rende sopportabile il dolore è la nostra rinuncia al dolore» le dice Marco al telefono. Non si vedono da un mese e hanno deciso di sentirsi solo per questioni di lavoro.

«L'hai letto in un libro?» chiede Elena sforzandosi di ridere.

«Sì, ma soprattutto l'ho sperimentato sulla mia pelle in questi giorni.»

«Sei sicuro che sia così facile?»

«Non è facile» dice Marco. «Non lo è affatto, ma è vero che abbiamo la possibilità di sottrarci alla sofferenza all'improvviso, come risvegliandoci da un incubo. Crediamo che non sia un fatto volontario e invece lo è, lo diventa quando il dolore è troppo forte e noi dobbiamo scegliere da che parte stare, se da quella della vita o da quella della morte.»

È la prima volta che Marco le fa un discorso così. A lungo ha cercato di minimizzare la loro crisi e invece adesso sembra accettare la fine, trattando i sentimenti come un reperto bellico da analizzare in laboratorio per disattivarne il potenziale distruttivo.

Forse sono state proprio le parole del suo ex a spingere Elena sulla panchina della metropolitana, tra le braccia di Fabio. Elena ha scelto la vita. Ha creduto di scegliere la vita.

Abbracciata a Fabio nella penombra, tra persone sconosciute, ha deciso di abbandonare il dolore.

La metro si ferma e riparte. A ogni arrivo, salgono e scendono nuovi passeggeri. Hanno in mano ombrelli bagnati che scrollano e piegano in fretta per sistemarli nella custodia. Sono nervosi, infastiditi dalla pioggia che sgualcisce gli abiti, ma poi alzano la testa e si trovano davanti Elena e Fabio, stretti l'uno all'altra in un bacio che sembra infinito. Non riescono a staccare gli occhi da loro nemmeno quando arriva il loro treno e devono salire. Continuano a fissarli da dietro i finestrini. Elena ha il viso premuto contro quello di Fabio, nascosta dal bavero dell'impermeabile. Quando il convoglio si allontana, una coda d'aria fredda li sfiora e anche i fari dell'ultima vettura sembrano osservarli come grandi occhi rossi, subito risucchiati dal buio del tunnel. È il loro secondo bacio e stavolta Fabio commette l'errore di chiedere: «Quando ci rivedremo di nuovo?».

Cercare nel buio qualcosa che non c'è e trovarlo. "Con Fabio è stato così" pensa Elena. L'ha trovato senza cercarlo. Ma se vuole essere onesta con se stessa, deve ammettere che lui non è altro che una tela neutra su cui ha proiettato la propria idea di Fabio. Il Fabio sulla panchina della metropolitana è perfetto perché ancora sconosciuto, ancora informe, lei può plasmarlo come desidera e conservarne un'immagine lontana dal vero. Un amore così non potrà mai essere superato da nessun altro, a suo modo è al sicuro, ma a una condizione: non farlo diventare realtà.

Oggi Elena ha parlato con Cesare. Vuole che lei si concentri sul lavoro e chiuda l'inchiesta. L'ha vista un po' sconvolta all'ultima riunione di redazione, ma non le ha fatto domande personali, non è nel suo stile. L'ha osservata a lungo, senza darlo a vedere, si è reso conto che Elena non è in sé. Si vede dal modo in cui sfoglia gli appunti, dagli occhi sfuggenti che evitano i suoi e quelli dei colleghi.

"Tagliare i ponti con la sofferenza significa anche ritrovarsi soli" pensa Elena. Prima di incontrare Fabio si sentiva smarrita ma non sola. Il dolore è anche compagnia, presenza, e in qualche modo riempiva il vuoto lasciato da Marco.

Forse Elena mente quando dice a Fabio che non le pesa entrare in casa, o in una stanza d'albergo, e trovarla vuota. Forse non è vero che ha imparato a fare a meno di tutto ciò che non c'è.

Forse mente anche a Cesare. Gli sta nascondendo qualcosa di importante, ma non si sente ancora pronta a raccontargli le ultime scoperte, quelle più recenti. A Cesare può tacere i problemi personali, non certo occultare ciò che riguarda il lavoro, non certo fingere di non aver ancora trovato le prove che cercava. Il quadro è chiaro: corruzione in materia di appalti. Non può nascondere al suo capo di aver trovato conferme su un'associazione a delinquere che partecipa a gare per ripulire le spiagge dalle alghe. Ha capito che è proprio nella fase di pulizia del litorale che rubano la sabbia. Ma a Cesare non l'ha detto. Così come non gli ha detto che in tutto questo intreccio di malaffare c'entra suo padre.

È mercoledì, Elena cammina sulla spiaggia anche stasera, indossa un paio di pantaloni di flanella bianca. La borsa è sempre piena di libri, di tovaglioli scarabocchiati, di sabbia. Si reca nel solito ristorante, la cameriera le fa un cenno e la accompagna nella sala dove tre sconosciuti, ognuno seduto al proprio tavolo, stanno già cenando.

Abbiamo costruito sul bordo dell'oceano e... Riscrive la frase sul tovagliolo, ma questa volta aggiunge un elenco di nomi. Sono i soci di suo padre, quelli che negli ultimi anni si sono accaparrati, ricattandolo, diverse quote della sua impresa. Il nome di suo padre è in fondo all'elenco. Non ha più il potere che aveva una volta, perché in certi ambienti a contare è anche la forza fisica, la capacità di usare violenza sugli altri. Lui si è fatto vecchio. Adesso come socio di maggioranza ha la mafia, un socio a cui non si può dire di no.

Quando questo intreccio inizia a farsi chiaro, Elena non vuole crederci. È seduta sulla scalinata di un palazzo da cui è appena uscita con dei fogli in mano. Rilegge più volte il nome di suo padre sulla visura camerale che ha richiesto tramite un amico avvocato. Ci è arrivata per caso. Il nome della società su cui sta indagando compariva nell'articolo di un giornale locale sfogliato distrattamente al bar. Stava bevendo un cappuccino quando ha avuto l'intuizione, e il cameriere ha dovuto portarle uno smacchiatore perché la tazza le è scivolata dalle mani sporcandole i pantaloni. Nell'articolo si parlava di rimozione delle alghe e di sparizione di un piccolo tratto di spiaggia. La società non veniva indicata come colpevole del furto di sabbia, non si mettevano in relazione i due fatti. È stata Elena ad arrivarci.

Succede una domenica mattina. La stagione balneare è finita ma gli stabilimenti sono aperti per lavori. Elena si alza con l'idea fissa di andare a trovare Cesco, un vecchio amico di suo padre che da tempo immemore gestisce una spiaggia a qualche chilometro dalla casa dei suoi. Cesco è tra i suoi ricordi buoni, un uomo grosso dalla voce burbera, che però non mancava mai di regalare un succo di frutta o un panino a Elena e al fratellino quando andavano a trovarlo dopo aver gironzolato sotto il sole come vagabondi.

Esce di casa senza fare colazione. È sicura che gliela offrirà Cesco, come ha sempre fatto, nonostante siano passati tanti anni dall'ultima volta che si sono visti.

Quando arriva davanti all'insegna BAGNI ONDINA, il suo cuore ha uno scarto. Quasi le manca il fiato. Vicino alla staccionata di bambù c'è un uomo con i capelli bianchi che sta caricando su un camion decine di sdraio piegate.

«Salve, Cesco» gli grida andandogli incontro per abbracciarlo. Lui strizza gli occhi per metterla a fuoco, poi fa un cenno con la testa e tira dritto. Entra nello stabilimento mentre Elena lo segue. Sono passati troppi anni e forse non l'ha riconosciuta.

«Cesco, sono Elena» sussurra arrivandogli alle spalle.

Lui resta fermo un attimo. Poi si volta.

«Sono Elena» gli ripete andandogli incontro con un sorriso.

«Non ti conosco» dice lui. «E non conosco neanche quella carogna di tuo padre.»

La sabbia scarseggia in tutto il mondo e il padre di Elena la ruba di nascosto. È costretto a farlo, la cava ha da tempo esaurito le riserve. Gli impongono di rubarla e lui non si oppone. Elena cerca di ricordare i loro discorsi prima della sua fuga da casa. Non gliene torna in mente nessuno. Cerca di ricomporre i fatti di cui ha memoria vaga. Deve capire i meccanismi di quel marchingegno in cui è vissuta, una macchina da tortura che per sbaglio ha chiamato famiglia. Deve comprendere quale senso suo padre abbia dato alla vita, alla sua vita, alla loro vita insieme. Non ci sono connessioni, è tutto slegato, tutto privo di sostanza. La sua vita, la loro, sono elementi che suo padre ha sempre considerato separati, mentre per lei erano uniti, indissolubili. Questa è la differenza tra loro due, il fossato che li divide. Lei è sua figlia, ma figlia per lui è una parola che non conta niente.

Suo padre è un criminale, Elena lo sa, però è venuto per lei il momento di accettarlo. Ha scelto di separarsi da questo dolore e non ci è riuscita, neppure ora che è troppo grande. Le loro vite sono intrecciate e lei non riuscirà ad accettare che è un criminale fino a quando non sarà in grado di diventare fredda come lui, di considerare la sua vita separata da quella degli altri.

Non ha mai un dubbio suo padre, un rimorso, un senso di colpa. Hanno lo stesso sangue, sono fatti della stessa carne, lei è figlia e lui è padre, dovrebbero somigliarsi e invece sono due opposti. L'unica spiegazione che Elena ha trovato in tante notti insonni, è in sintesi proprio questa: lei non considera la propria vita separata da quella degli altri esseri umani, mentre lui sì. Ogni male nel mondo è per Elena il proprio male, ogni danno il suo danno. "Non ci sono muri capaci di separare chi crea il male da chi lo subisce" pensa Elena. "Il male ricade sempre su tutti, anche quando sembra lontano, quando pare non riguardarci." Questa è la differenza tra suo padre e lei. Questo è il motivo dei sensi di colpa che prova per peccati commessi da lui. A distanza di tanti anni si sente in colpa per la morte del suo fratellino, si ritiene responsabile per lo scempio dei luoghi che ha abitato da bambina, ormai irriconoscibili. Per questo cerca, fruga tra i documenti a caccia di prove, ha bisogno di sapere che sono state disgrazie inevitabili, che niente sarebbe diverso da com'è se lei avesse agito diversamente da come ha agito, se invece di allontanarsi dal problema fosse rimasta e avesse fatto qualcosa, se avesse provato a parlare con suo padre invece di giudicarlo.

"Le colpe dei padri ricadranno sui figli" pensa Elena "Il cemento continuerà a ricoprire le megalopoli che affonderanno sotto il loro stesso peso, mentre gli oceani saliranno a Shanghai, New York, Singapore, dove ogni anno le strade costiere vengono alzate di qualche metro e dove sorgono muraglie per contenere l'erosione." Per dare battaglia al mare serve sabbia e servono uomini come suo padre, capaci di sfidare la legge per soddisfare la richiesta di tonnellate di granelli che, come in un eterno gioco circolare, arricchiranno qualcuno e impoveriranno tanti, senza che nessun rimedio duraturo contrasti la perpetua distruzione.

Tutto questo è già scritto. L'ha letto nei documenti che ha trovato in biblioteca, rapporti circostanziati predisposti da esperti che mettevano in guardia dal continuare a cementificare le coste. Elena ricontrolla le mappe che ha fotografato.

Dove oggi dominano ancora il verde e il marrone, nel 2100 il blu sarà il colore dominante.

"A diciott'anni era già troppo tardi," pensa Elena "troppo tardi..."

Ne ha parlato di nuovo con Marco. Gli ha detto che non è certa di farcela, non è sicura di voler proseguire. Non può occuparsi di un'inchiesta in cui dovrebbe elencare tra i delinquenti un tizio che porta il suo stesso cognome. Marco non ha replicato. Forse è la prima volta che si trova davanti a una situazione simile, non sa cosa rispondere. Elena vive del proprio lavoro e questo reportage può ridare un po' di ossigeno al suo conto corrente. Marco vorrebbe dirle che anche per questo lei non può scappare dal suo dovere. Ma sta zitto. Elena lo osserva mentre gira il cucchiaino nella tazza di caffè. Lui continua a tacere. È stata Elena a invitarlo a questo appuntamento. Marco è l'unica persona di cui si fidi, ma lei lo ha tradito, anche se la loro storia si è chiusa molto prima dell'arrivo di Fabio. Lui non sa nulla di Fabio. Il loro rapporto è al riparo da fatti, persone, circostanze, amanti. È finito soltanto perché ha rispettato le leggi di natura e in natura tutto ha una fine.

«Il problema sarebbe il cognome...?» chiede Marco a un tratto.

«Be'... anche...»

«Se il problema è solo questo, ti faccio presente che il tuo cognome è molto comune.»

19

Quando il treno si allontana dalla banchina, Fabio rimpicciolisce fino a diventare un puntino lontano. Elena si sente come all'uscita dal cinema dopo uno spettacolo diurno. La luce del vagone la risveglia in modo brusco e le immagini di lei e Fabio in metropolitana le sembrano già irreali come quelle di un film. Cerca il suo posto sulla carrozza, sistema il cappotto e la borsa sul sedile di fianco.

Il vagone è quasi vuoto e sotto il sedile di fronte vede luccicare qualcosa. Si guarda intorno. Non c'è nessuno a eccezione di due uomini che, tre file più avanti, discutono di calcio e ridono forte. A un nuovo sobbalzo del treno l'oggetto sotto il sedile luccica ancora. Elena allunga una mano, lo sfiora con le dita e lo tira su. È una catenella d'argento con al centro un quadrifoglio ricoperto da minuscoli zirconi. Non le sembra che possa avere un grande valore, ma è graziosa, un sigillo per una giornata che in quel momento le appare di nuovo perfetta. Fabio non ha smesso di guardarla al di là del finestrino, fino a quando il treno non è partito. Sono rimasti uno di fronte all'altra, in silenzio. Poi lui ha indicato il cielo. «Hai visto che si sta schiarendo?» ha detto con un sorriso amaro. Elena gli ha letto le parole sulle labbra, senza sonoro. Il film di cui sono stati protagonisti si è concluso con quel fotogramma e lei ora non riesce a immaginare una continuazione. Con il braccialetto in mano si alza, prende con sé borsa e cappotto, e percorre un tratto di corridoio per cercare un ferroviere a cui segnalare il ritrovamento. Le è capitato di perdere oggetti a cui era affezionata, avrebbe benedetto chiunque avesse fatto il possibile per farglieli avere, indipendentemente dal valore. Una volta era un cappello bianco con un nastro nero cucito sopra la falda, un'altra volta una giacca con le toppe sui gomiti, un'altra ancora un orologio guasto che suo nonno le aveva regalato da piccola. Al di là del loro valore, ha rimpianto la loro presenza, quel loro insignificante esserci che è divenuto più importante quando sono spariti.

Il treno sembra abbandonato. Non c'è traccia di personale a cui rivolgersi. Così prende posto su un sedile qualunque, vicino al finestrino. Il convoglio entra ed esce dalle gallerie e a tratti il mare rispunta all'orizzonte.

Dopo la chiamata del giorno precedente il professore non le ha più telefonato. Voleva rivederla per una faccenda urgente, ma Elena ha mentito, ha addotto impegni di lavoro per non annullare l'incontro con Fabio.

È stata la badante a comporre il numero. È rimasta in linea fino a quando Elena non ha risposto.

«Il professore deve dirle una cosa importante, ma di persona è meglio...»

«È urgente?»

«Abbastanza urgente» le ha confermato il professore, togliendo il telefono dalle mani della badante. Sembrava più giovane, la voce più determinata. «Signorina, mi ricorda il suo cognome?»

Elena glielo ha detto, e poi lo ha ripetuto una seconda volta perché dall'altra parte ha avvertito solo silenzio. Un istante dopo la comunicazione si è interrotta.

Sul treno ora Elena stringe il braccialetto con il quadrifoglio. È sottile, un filo d'argento che pesa pochi grammi. Lo mette al polso e intanto pensa al professore, cercando il suo numero nella rubrica. Il telefono suona a vuoto. Strano. Le ha detto che raramente si muove di casa e oggi c'è anche maltempo. Riprova, una, due, tre volte. Non risponde nessuno, così rimette il cellulare in borsa.

"Chiamiamo presentimento ciò che già sappiamo e ci ostiniamo a negare" pensa Elena.

20

Elena potrebbe elencare tra i presentimenti anche la foto che ha in mano ora. L'ha stampata in formato piccolo per poterla conservare nel portafoglio, dentro lo scomparto dove tiene i documenti e il biglietto del treno. La tira fuori. Sono passati due anni da quello scatto. In primo piano c'è un cagnolino che attraversa due immense corsie stradali e sullo sfondo una donna minuscola che cammina al centro della via di cui non si vede la fine e dove non transita nessuno: va incontro a una muraglia di palazzi che chiude la vista su alte montagne di cui emergono solo le cime innevate.

La figura minuscola al fondo della strada è Elena, sì, proprio lei, in una delle città fantasma della Cina, costruite per milioni di persone ma in gran parte disabitate.

È l'ultimo viaggio in Asia che ha fatto con Marco.

I palazzi sono altissimi, un miscuglio di ghiaia e di sabbia lanciato in verticale verso il cielo. Di sabbia sono fatti anche i vetri, occhi opachi nel caldo tenebroso dell'estate, in quelle città che sorgono all'interno del Paese progettate per alleggerire metropoli costiere simili a torte troppo lievitate.

Elena è un puntino che cammina nella calura, verso un orizzonte di ciclopi. Marco non si vede, non compare in alcuna foto. C'è soltanto lei, rimpicciolita e ridimensionata nella loro vita insieme. La città fantasma è il vuoto in cui riecheggiano ancora i loro nomi.

Per ogni tonnellata di cemento ne servono sei di sabbia, e nella foto Elena è un granello, un minuscolo inceppo nel meccanismo che tritura il mondo, una spina nelle zampe della vorace creatura che mangia chilometri quadrati di terreno ogni giorno e al posto dei prati lascia calcestruzzo.

Dietro la foto ne ha incollata un'altra di uguali dimensioni. Una sciarpa di seta a fiori guizza sollevata da un forte vento che inaridisce la terra e alza polvere. Il naso e la bocca di una donna spuntano dietro un pilastro. Nell'immagine non si vede lo scherzo che lei sta preparando alla persona che sta scattando, né la corsa che ha fatto per nascondersi nell'atrio dell'immensa costruzione a forma di libro, e neppure il suo nome gridato nel vuoto per misurare l'infinità di quel cimitero di edifici appena nati. Un naso, una bocca lucente di rossetto, pochi elementi in cui stenta a riconoscersi. Nella foto non c'è altro, non ci sono sentimenti.

Milioni di appartamenti vuoti formano l'ossatura delle città fantasma cinesi, dove i pochi abitanti sono diluiti in quartieri con negozi ancora chiusi, con scuole sovradimensionate, con biblioteche dagli immensi portoni che si aprono su caverne di libri in cui i visitatori entrano spaesati.

C'è una sorta di premonizione in quelle foto: sono assenti gli esseri umani. Non c'è spazio per l'umanità nelle smisurate città cinesi, c'è solo posto per milioni di corpi necessari a far funzionare il meccanismo che non tiene conto della loro individualità, uno scenario popolato da assenze, nella desolazione di province grandi come nazioni. Forse un giorno si popoleranno, si faranno grevi sotto il peso dell'aumento demografico e del cemento, bolliranno sotto estati torride, rese ancora più invivibili proprio dal calcestruzzo che libera tossine e surriscalda il terreno dove l'erba non cresce più. Queste isole di calore si arroventano anche per il cambiamento climatico, per l'aumento di gas serra che l'industria del cemento contribuisce a produrre.

«Ci sono queste immagini nel tuo reportage?»

«Non lo so.» È così che risponde quando Cesare le fa domande riguardo all'inchiesta e le chiede quando sarà pronta, riflettendo poi in silenzio se non sia stato un errore affidargliela; aveva dimostrato un tale entusiasmo che sembrava che per lei non fosse solo un lavoro ma una ragione di vita.

«Non lo so» ripete Elena.

Non è mai successo che procedesse tanto a rilento, non è mai capitato che fosse così poco attendibile, al punto da mettere a rischio il suo contratto. Non è mai successo che non riuscisse più a crederci.

A Fabio invece lo dice, commette l'errore di dirglielo. Chissà se è quasi arrivato a casa, se già avverte la sua mancanza come lei vorrebbe. "Mi sento irrilevante" gli scrive dal treno, sperando che lui colga tutti i possibili significati della frase e le risponda con qualche bugia di cui lei adesso ha bisogno.

"Amoremio," le scrive lui "ti ho già detto che non devi arrabbiarti, tu non puoi salvare il mondo... Smetti di provarci."

"Sarai pronta ad andare in onda il mese prossimo?" Cesare la raggiunge sul treno con un messaggio più lungo dei soliti monosillabi che sono abituati a scambiarsi.

Non gli ha ancora detto di suo padre.

21

Il controllore non è passato. È stato inutile tirare fuori il biglietto, un errore ripescare dal passato quelle foto che Elena si ostina a tenere nel portafoglio. In stazione va a prendere la bici che ha legato a un palo e mentre torna a casa ripensa a Fabio, a loro due nel bar dove si sono messi al riparo. Fabio non le manca, eppure le manca terribilmente, perché in una cosa sono uguali: sono cani feriti, ognuno diffidente a suo modo e in cerca di cura.

«Bella la mia Elena, sei il mio amore. Se non fossi arrivata tu non so cosa avrei fatto... Ero disperato, sai. Tu mi hai salvato, mi hai proprio salvato, non hai neanche idea del bene che mi hai fatto.» Glielo ha detto nel porto, sotto la pioggia battente. Glielo ripete ancora usando parole diverse. Lei risponde solo ai baci. I baci la fanno felice, dimentica tutto con i baci, comprese le frasi che Fabio continua a ripetere in metropolitana senza originalità. Forse non prova piacere nell'abbracciarla, nel dirle tutte quelle cose che le dice, le stesse che le ha già scritto. È impossibile non accorgersi dell'imbarazzo di Elena, è impossibile far finta di non vedere il suo disagio. Eppure fingono entrambi, perché più insopportabile del sopportarsi è uscire dal gioco e tornare soli.

La pioggia e il freddo l'hanno indebolita. Una volta a casa Elena si stende sul divano e si avvolge nella coperta. Il tepore la addolcisce, chiude gli occhi e si abbandona.

All'improvviso vede un uomo corpulento, ha una maglietta sporca e un badile in mano. Ha l'impressione di conoscerlo. È sulla spiaggia vicino alla sua vecchia casa. Il rombo di un motore la raggiunge alle spalle, le arriva addosso la luce dei fari di un camion. Tanti piccoli uomini scendono, scavano sabbia come topi dalle mille zampe, procedono senza guardarsi attorno. Scavano mentre l'acqua li insegue, scavano smuovendo le fondamenta dei palazzi. Il mare si insinua in tutte le buche, ingloba la spiaggia, sgretola le case che si sciolgono trasformandosi in cumuli di detriti da cui spuntano le armature di ferro arrugginite. Elena stringe forte una mano, è la mano di un uomo, una mano che conosce per averla sentita sulla sua pelle. Non vede il viso. Vorrebbe gridare il suo nome, ma le labbra sono serrate. Il mare sta salendo, l'acqua la raggiunge, la travolge. La mano che stringe scivola via.

Elena spalanca gli occhi. «Fabio!» grida nel silenzio del soggiorno. D'istinto si tocca il polso. Un quadrifoglio pende da un sottile braccialetto d'argento. Non è la prima volta che ha questo incubo ma torna ogni volta con particolari diversi, sembra sempre più vero. Ne esce sottosopra, è come passare attraverso una realtà più densa. Si tocca la fronte con il dorso della mano. È calda. Si alza a fatica. Va in cucina e nel bollitore mette acqua sufficiente per due tazze di tè. Quando sono pronte le porta in soggiorno e si risiede sul divano. Due rivoli di fumo salgono dalle tazze e si intrecciano tra loro. È impossibile tornare indietro.

Elena ha mal di testa. La cosa peggiore che potrebbe fare è mettersi a pensare al lavoro. E invece ci pensa, riflette sulle ultime cose accadute. Ha chiamato al telefono il professore, ma lui non ha risposto.

Il cellulare è ancora nella borsa che ha lasciato a terra sul tappeto. Lo prende e chiama di nuovo. La linea è libera, ma squilla a vuoto. L'ultima cosa che le ha chiesto riguardava il suo cognome.

«Se il problema è solo questo, ti faccio presente che il tuo cognome è molto comune» le ha detto Marco l'ultima volta che si sono visti.

22

Prima che il futuro diventi un'inutile ripetizione del presente, prima che i fatti neghino la speranza nel domani, ci sono Elena e Luigi sulla collinetta dietro casa. È la prima giornata di sole dopo settimane di pioggia e loro salgono lassù per ripetere in miniatura il gioco che le imprese edili fanno sulla costa: costruire con la sabbia marina palazzi, ponti, gallerie, autostrade. Il padre rifornisce tante imprese, tonnellate di sabbia che non lava per poterla vendere a prezzi più bassi della concorrenza. Ogni anno un camion nuovo, più grande e lucente, ogni sera una donna diversa nei night del litorale, nelle discoteche che puntano i fari verso il cielo rendendo opache le stelle.

«Sei proprio uno stupido se non sai costruire un castello» dice Elena a Luigi che mescola in un secchiello sabbia e acqua di mare. Lui tace. In fondo è lei che dirige i lavori, è lei che comanda. Ha imparato da suo padre. A volte dà ordini cambiando voce. Mette una mano sulla bocca e urla: «Sei un pappamolla, nell'albergo a Londra noi prendiamo a calci nel sedere quelli incapaci come te». A parlare è il Gigetto, l'amico immaginario di entrambi, che a volte è crudele con Luigi. A forza di lavare piatti di notte, i piatti dei ricchi che mangiano poco ma sporcano un'infinità di stoviglie, è diventato rude. Ogni tanto si mette a piangere, come fanno i bambini soli, ma poi si riprende, è perentorio nel dare ordini alla truppa che di fatto è costituita soltanto da Luigi, perché Elena comanda. Il fratello incassa i colpi: «Sei davvero un incapace, non combinerai mai niente di buono! Sei troppo lento! Sei uno scansafatiche!».

Elena e Gigetto sono autoritari e spietati perché gli adulti sono così, o almeno loro non hanno esempi di adulti migliori e perciò si comportano in quel modo. Attendono il futuro con occhi feroci perché già sanno che il futuro sarà feroce con loro. Il fratello sopporta ogni cosa, in casa tutti imparano a scaricare sugli altri le angherie che subiscono. È così che si diventa malevoli o santi. Le facce sono arcigne perché la cattiveria plasma il cuore e il volto. Elena è già vecchia a sei anni.

«Se non sei capace di costruire un muro che sta in piedi, sei inutile!» dice Elena rimboccandosi le maniche e mescolando nel secchiello sabbia e acqua di mare, poi aggiunge pezzi di rami, ghiaia, pietroline colorate trovate sulla spiaggia. Chiunque costruisca castelli di sabbia sa che non resteranno in piedi se si aggiunge solo sabbia alla sabbia, se la sabbia è l'unico ingrediente del calcestruzzo. Lo sa anche un bambino che allungare la miscela del cemento con troppa sabbia significa impoverirlo, depotenziarlo, significa scrivere il destino di imponenti strutture che un giorno crolleranno miseramente.

In nome del popolo italiano... la Suprema Corte... il presente procedimento ha per oggetto le infiltrazioni della cosca mafiosa di (OMISSIS) nell'ambito del settore dell'estrazione dei materiali da cava e di confezionamento del calcestruzzo a mezzo della XY S.p.A., società nell'ambito della quale operava (con mansioni di capo area) L.G.G., esponente di spicco della consorteria mafiosa.

L.G.G. è un socio del padre. Elena l'ha saputo in via riservata. Forse è questa notizia ad aver allarmato il professore, per questo le sue telefonate sono andate a vuoto. È difficile dar credito a una donna che porta avanti un'inchiesta giornalistica in cui sono coinvolti diversi criminali e scoprire che tra gli indiziati c'è qualcuno con il suo stesso cognome. È un cognome comune, è vero, ma il professore sa come va il mondo e ritiene che è sempre bene diffidare di chi non si conosce abbastanza. Più Elena ci riflette e più le pare evidente. Il professore è anziano ma non è uno sprovveduto.

Per ora la società del padre non viene citata nei verbali. Formalmente non ci sono legami. È proprio questo il pezzo che manca all'inchiesta ed è probabile che il professore ci sia arrivato da solo facendo le verifiche che Elena stessa gli ha chiesto.

In tale modo, la consorteria criminale poteva garantirsi continue entrate economiche senza sottoporre a estorsione la XY S.p.A., mentre questa società, grazie al sostegno dell'organizzazione criminale, poteva consolidare la propria posizione di sostanziale monopolio, recuperando i maggiori costi con l'utilizzo di cemento depotenziato.

Lo sa anche un bambino che mettendo troppa sabbia nel cemento, e non lavandola quando proviene dal mare, alla lunga crollano i palazzi, i ponti, le gallerie, le autostrade. Lo sa anche un bambino che costruire senza scrupolo significa minare le opere dall'interno, inserire in esse il verme che, in non più di cinquant'anni, le eroderà.

Prima che il fratello muoia, Elena costruisce castelli di sabbia sulla collinetta dietro casa.

Anche oggi è là, con il pensiero è sempre là, come nel pomeriggio in cui il fratello muore e lei lo aspetta per giocare a quel gioco degli adulti. A differenza dei bambini, gli adulti non danno peso alle parole. Parlano dei ponti che crollano, delle spiagge che spariscono, lo fanno nei bar, sul sagrato delle chiese, ne discutono come di una partita di calcio, di un matrimonio o di un funerale, senza dare importanza a ciò che dicono, senza mai pensare.

23

E poi si rivedono. Ma prima litigano. Elena lo lascia due volte per messaggio, Fabio dice che è deluso, lei replica che non si fa così, che non si resta tre giorni senza scrivere o telefonare per poi spuntare fuori dal nulla come se niente fosse. Fabio le dice che la ama. Lei lo ama? È certa di non saperlo? Le ricorda quando si sono conosciuti, non la volta in cui hanno parlato, ma la volta precedente, quando lui si è innamorato perdutamente. «Perdutamente» dice proprio così. «Perdutamente...» Le fa effetto. Le fa sempre effetto ciò che suona iperbolico e folle. Risponde che ci penserà, se lo ama intende dire, ci penserà sul serio. Lui ribatte che la vuole incontrare di nuovo. Le dà appuntamento nella stessa città in cui si sono già visti. Le dice che vuole vederla in un albergo. Poi le ordina di non uscire di casa prima di mezz'ora perché deve arrivare un corriere. Le ripete che lui è povero, lavora come uno schiavo ma, dopo aver pagato tutte le spese, è sempre povero. Insomma, non deve aspettarsi chissà cosa, ma è un gentiluomo e le ha spedito dei fiori. Ci tiene a farglieli avere prima di vederla di nuovo. «Ma tre giorni sono troppi senza scrivere né telefonare» dice Elena. «Sono un tempo eterno all'inizio di una relazione, lo vuoi capire o no?» Allora Fabio le racconta di suo figlio, della sua ex moglie dispettosa e pazza che continua a tormentarlo tramite gli avvocati. Deve lavorare come un forsennato per pagare il naufragio del suo matrimonio. Dice proprio così. Anche per questo è diventato cinico, non sperava più di ricevere niente dalla vita, non ci credeva più. Almeno fino a quando non è arrivata Elena e l'ha salvato. Di fatto l'ha salvato, da se stesso prima di tutto. Insomma, l'ha salvato. «E poi ho dovuto occuparmi di mio figlio anche nel weekend. L'ho portato al parco, vicino a casa c'è un parco.» Dice che ha anche lavato i pavimenti, a terra c'erano chiazze di marmellata, ha messo in ordine, ha pulito l'acquario che ha comprato per il suo bambino. Suo figlio ha chiesto in regalo pesci barracuda e piranha, nomi che deve aver sentito da qualche parte ma di cui non sa il significato. È troppo piccolo suo figlio, chissà dove ha sentito quei nomi di pesci. Così Fabio gli ha comprato tre normalissimi pesci rossi, dispari come le rose, mai regalarle in numero pari. Comunque vuole scegliere l'albergo dove si vedranno. Ci tiene. È povero, le dice, ma ci tiene e lei deve assecondarlo se lo ama. «Mi ami veramente?» le chiede.

Elena non risponde, ma dopo un'ora gli manda una foto. È la foto della presentazione del suo libro, quella di due anni prima. Fabio è sullo sfondo, non del tutto a fuoco ma riconoscibile. Se n'è accorta mettendo a posto la rassegna stampa. Solo ora l'ha riconosciuto nell'immagine uscita sul giornale all'epoca. È lui l'uomo in grande imbarazzo che l'aveva avvicinata per farsi firmare il libro, e il libro era caduto a terra rovinandosi un po' sul dorso. Nella foto la guarda da lontano, la osserva mentre firma copie. Elena scatta con il cellulare una foto dell'immagine sul giornale. Nella didascalia scrive "Ti amo" e ci aggiunge un cuore. Non è mai stata tanto banale. Eppure oggi Elena ricorda quel messaggio come un capolavoro.

"Davvero? Dici sul serio... non stai scherzando?" aveva risposto Fabio qualche istante dopo aggiungendo baci.

"No."

"No nel senso che dici sul serio oppure...?"

"Nel senso che dico sul serio... Ti amo."

Fabio resta on line ma non replica. Rispunta fuori dopo qualche minuto.

"Mi hai emozionato. Non ricordavo quanto fosse bello essere innamorati..."

"Allora telefonami stasera, quando torni dal lavoro. Puoi chiamare se vuoi, non è proibito."

Il corriere arriva davvero. Lo intravede nel videocitofono, nascosto dietro all'enorme mazzo di fiori. Pinzato sul cellophane c'è un biglietto: È ELICRISO. TI AMO. FABIO. I fiori sembrano di carta, dureranno per sempre.

Ieri Elena li ha buttati. Li ha portati sulla spiaggia e li ha gettati in mare. Li ha seguiti con lo sguardo fino a quando l'oscurità non li ha inghiottiti. Poi si è seduta, è rimasta ad ascoltare il suono della notte e l'azzurra tenebra che muove le onde.

24

«Sai che la sabbia è una delle risorse più scarse al mondo?»

«Credevo fosse l'amore.»

Ci avevano messo quindici giorni per mettersi d'accordo, quindici giorni di messaggi e di silenzi, quindici giorni per fissare una data, uno slalom tra gli impegni in agenda, tra le loro malinconie, tra i pensieri distruttivi che Fabio ha dentro di sé a dispetto dei suoi lineamenti delicati, della sua bellezza, delle sue qualità rigorosamente sprecate. È andato in crisi. Glielo dice al cellulare. Elena sta guidando e fatica a capire se la voce flebile sia dovuta alla linea telefonica o a qualcosa che non va in lui. No, nessuna preoccupazione. Le dice che è abituato alle crisi. Lei non c'entra. Lei lo sta salvando, le deve tutto, ma ogni tanto ha le crisi, non riesce a sottrarsi alle persone nocive. Per questo a volte sparisce. È normale per lui, specie la notte. È normale che succeda, ci è abituato.

«Persone nocive?»

«Sì, certo, non so sganciarmi da queste persone.»

«E cosa combinano per spingerti a stare così male?»

«Niente, so che esistono.»

Nella hall dell'albergo, che ha voluto a tutti i costi prenotare a sue spese, di quelle crisi Elena non vede traccia. Le pare felice, sicuro di sé. Si guardano negli occhi per un istante, poi li riabbassano. Il concierge li fa accomodare su due poltrone dorate rivestite di damasco blu e chiede loro di attendere. La stanza sarà pronta a minuti.

L'albergo è in stile liberty, con dipinti che ricoprono per intero le pareti e specchi che dilatano le dimensioni del salone. Se Elena alza lo sguardo, vede riflessa di fronte a sé una donna con un giaccone sportivo e un'aria smarrita. Fa a pugni con l'arredamento. Ha un paio di jeans, scarpe da ginnastica, i capelli raccolti in una coda di cavallo. Sembra uscita per andare a comprare il latte. A casa ha provato alcuni vestiti e poi ha scelto di mettersi addosso abiti da tutti i giorni.

«Non costa così tanto» dice Fabio mentre Elena osserva le colonne di marmo nella sala da tè. «A volte con le prenotazioni ho fortuna.»

Nello specchio centrale il concierge sorride, sta guardando nella loro direzione. Elena rituffa gli occhi nel tappeto. «La sabbia è un grosso problema...» dice all'improvviso, come se stesse rispondendo a una domanda o concludendo un discorso già avviato. «È un grosso problema ma non viene percepito... La gente pensa alla vastità dei deserti e crede che la sabbia sia una risorsa infinita, senza sapere che i granelli del deserto non si possono usare, non servono a costruire nulla...»

«Interessante...» dice Fabio sporgendosi in avanti verso di lei, e allungando una mano per poggiarla sulla sua.

«La sabbia del deserto ha la forma arrotondata... I granelli sono... troppo rotondi... Per questo non si possono usare in edilizia. Servono granelli spigolosi, capisci? Nell'impasto di calcestruzzo...»

«Interessantissimo...» dice Fabio alzandosi di scatto appena il concierge gli fa un cenno. Si avvia verso la reception, poi si volta e le strizza l'occhio. In fondo alla sala c'è un quadro che raffigura una ninfa nuda dai lunghi capelli trapunti di fiori.

Elena si alza e segue Fabio, attraversa la hall camminando su tappeti di lana. Galleggia sulla superficie morbida temendo di affondarci. Poi si avvicina a Fabio per dargli il documento che ha tirato fuori dalla borsa. Lui le trattiene la mano.

Sul piano di marmo è poggiato un grande vaso di fiori violacei dal profumo dolce. Solo in quel momento, Elena si accorge di ciò che sta facendo. Ripensa a Marco e ai loro viaggi nelle zone più disastrate del mondo, dentro alberghi di infimo ordine. Cerca di dare un nome al sentimento che sta provando, per non dimenticarlo, per poterlo catalogare. L'unica etichetta che le viene in mente è "fuori posto", un pesce che nuota nella sabbia avendo perso la direzione del mare.

25

Nelle giornate senza vento, dalla collinetta dietro casa il mare appare un immenso vetro blu, lucente sotto il sole bianco di mezzogiorno.

Elena ha quasi sette anni. Si rifugia lassù per non parlare con nessuno, per non vedere la madre, il fratello grande e soprattutto il padre. Non sopporta i loro volti levigati, su cui il dolore passa in fretta, senza incidere i solchi che scava sul suo viso.

La mamma è plasmata dalla brutalità. Prima che Elena nascesse, coltivava rose nel giardino di casa. A maggio le piantava anche nel vaso dell'ingresso, che da allora contiene solo terra secca in cui non abitano neppure le formiche.

Dopo la morte di Luigi si veste in modo più trasandato, non si pettina, ma per il resto è identica: dice le stesse cose, trascorre le giornate a fare ciò che faceva prima, chiusa in cucina tra vapori di cipolla che le intridono gli abiti e i capelli.

Elena non mangia più a tavola con loro. Ruba di nascosto pezzi di pane e ci strofina sopra i pomodori dell'orto. Mangia la frutta che trova sugli alberi attorno a casa. Beve il latte delle capre; suo padre le munge al mattino e poi per qualche ora lascia il secchio incustodito su un pilastro del recinto. Non mangia più con loro, ma questo non li turba, forse nemmeno se ne accorgono, forse apprezzano lo spazio libero intorno al tavolo lasciato dalla sua sedia e da quella di Luigi, ormai addossate al muro.

Senza Luigi, lassù, sulla collinetta, a Elena resta solo il Gigetto. Si stendono sull'erba ad ascoltare le cicale. Dormono sui prati perché la notte è diventata troppo lunga per restare chiusi in una stanza dentro una casa che sa di morte.

Il Gigetto la consola. Quando piange le porge il fazzoletto e la tiene per mano. "I personaggi immaginari hanno il dono di intuire i nostri desideri," pensa "proprio come Fabio."

Seduta sulla poltrona della camera d'albergo, Elena gli sorride e piange. Lui le passa i fazzoletti che pesca da una scatola di metallo con impresso il logo dell'hotel.

«Se vuoi, usciamo» le dice accarezzando la punta delle sue dita ghiacciate.

Elena scuote la testa, fa segno di no.

«Vuoi che ordino qualcosa da mangiare?»

«No, non preoccuparti... è solo che...» dice lei cercando di spiegarsi.

«Allora vuoi che continuiamo a parlare di sabbia...?» Le strizza l'occhio e ride.

Ride anche Elena. Poi si alza dal letto e va verso lo specchio che riveste la porta dell'armadio. Chiede a Fabio di avvicinarsi, di mettersi in piedi alle sue spalle. È alto, sembra persino più alto. Lui ride. Lo vede ridere al di sopra della sua testa. Poi la stringe forte a sé.

«Sei stanca?»

«No.»

«Ho fatto qualcosa di male?»

«No, assolutamente no...»

«Lo vedi che insieme siamo perfetti?»

Si volta verso di lui, che le sorride ancora ma ha gli occhi tristi.

«Se vuoi usciamo...» le ripete, continuando a stringerla a sé.

"Andrà tutto malissimo" pensa Fabio. Non lo dice ad alta voce, ma a lei pare di sentirlo. Andrà male e non potranno farci niente.

Elena si alza sulla punta dei piedi e lui appoggia una guancia al suo viso. Andrà male, è scritto nei loro volti tesi. Poi si abbracciano e si stringono come fossero oggetti che vengono salvati da una caduta. Restano così, senza dirsi niente. Si somigliano: lei chiusa e riservata, lui sempre pronto a fare lo stupido, sempre pronto a adottare un registro basso per essere accettato, per far ridere, per anticipare i colpi che riceverà, che dà per scontati.

«Tu non sai cosa c'è là fuori...» le dice accarezzandole i capelli. «A volte ho pensato di...»

«Di...?»

«Ho attraversato dei periodi tremendi...»

«Tutti li attraversiamo...»

«No, tu non puoi capire... Non lasciarmi amoremio... non devi lasciarmi.»

«Davvero tu mi ami?» chiede Elena facendo un passo indietro. «La facilità con cui mi chiami "amoremio" sin dal primo giorno mi fa paura.»

Fabio allarga le braccia verso l'alto come fanno i bambini quando vogliono indicare qualcosa di enorme.

Poi la solleva da terra, la stende sul letto. Sa che non è il loro destino. Due così non sono fatti per stare insieme, tanto diversi, così simili e opposti nel loro nascondersi agli altri.

Fabio la bacia. Elena si muove come i pesci nelle onde, asseconda la corrente, si lascia trasportare dalla forza della vita che la aggancia in fondo all'abisso, la tira su, e i polmoni tornano a riempirsi d'aria, la testa gira e il pensiero rallenta, il profumo della pelle diventa la guida per attraversare distese sconosciute, diventa astrolabio tra stelle ignote.

26

«Nuvole di polvere» dice allargando le braccia verso il cielo.

Il ragazzo non parla inglese, e l'inglese dell'interprete locale è approssimativo. Elena si fa ripetere ciò che ha detto.

«Nuvole di sabbia» scandisce l'interprete correggendo il senso della frase, e poi ripete: «Nuvole di polvere».

Elena è nella "Nostra terra d'acque". È così che gli indonesiani chiamano l'Indonesia. Il ragazzo li ha accolti con un sorriso. Ha giunto le mani e si è inchinato facendoli accomodare a terra. Siedono su due stuoie davanti all'ingresso di una casetta di legno, a poca distanza dalla spiaggia. Il vento attraversa le foglie di palma e le fa risuonare in modo diverso a seconda delle correnti.

Il ragazzo deve raccontarle ciò che ha visto. È andato a scavare sabbia insieme ai trafficanti. Dice che l'hanno pagato con scodelle di riso. Non ha più di sedici anni.

Quello in Indonesia è il primo viaggio che Elena ha fatto da sola sulle tracce delle mafie della sabbia. È stata la prima tappa dell'inchiesta, l'ultima sarà l'Italia. Da allora è passato già un anno.

Il ragazzo è gentile. Ha preparato tre bicchieri di tè e glieli porge appoggiandoli su un vassoio laccato di rosso. Indossa una camicia e un paio di pantaloni bianchi, e tutto quel candore pare impossibile in una casa senza pavimenti, dove al posto delle fondamenta c'è la terra battuta su cui razzolano due galline a caccia di resti di cibo.

«Molto più ecologico dell'aspirapolvere» dice Elena per rompere il ghiaccio. Il ragazzo guarda l'interprete che, a sua volta, la guarda senza comprendere la battuta.

«Tutto ok» si affretta a dire per chiudere subito l'argomento.

L'interprete sembra rincuorato, sorride e beve il suo tè.

Il ragazzo sorride a sua volta e, prima di sedersi, caccia via le galline da un perimetro brullo che dovrebbe essere la cucina. «È stata una fatica enorme» dice tenendo gli occhi bassi sulla stuoia che ha steso con cura. Scuote la testa come se ancora non riuscisse a capacitarsi di ciò che ha visto nella sua breve vita lavorativa. «Tanti carichi, tanta sabbia» aggiunge, accompagnando le parole con cenni del capo a conferma della vasta portata dell'operazione a cui ha partecipato, senza la consapevolezza dell'obiettivo da raggiungere, dello scopo che si prefiggeva chi ha ordinato lo scavo.

Parla per qualche minuto, poi a un tratto alza gli occhi su Elena. Ha un'espressione preoccupata. Sta guardando oltre la sua testa, verso il villaggio di casette alle spalle di lei. È nervoso, si stropiccia le mani. Si agita come se di colpo avesse il tempo contato.

«Sono sparite» dice all'improvviso. Gesticola, parla in fretta. L'interprete traduce con difficoltà. Fatica a comprendere il senso del discorso. Le cose che il ragazzo dice sono insensate. Elena non sa se dubitare della traduzione o delle affermazioni che ha appena sentito. Lui coglie il suo dubbio. Si guarda ancora intorno, stacca un rametto da un arbusto e traccia sul terreno alcune forme tonde che poi elide con una croce. «Sono sparite» ripete l'interprete. «Sono sparite ventiquattro isole.»

«Sparite dove?»

«Scavate... I trafficanti hanno scavato la sabbia delle isole e le isole sono scomparse.»

«Non è possibile... è impazzito...»

L'interprete fa altre domande e il ragazzo sembra più agitato di prima. Forse teme che Elena non colga la gravità di ciò che racconta, oppure ha visto qualcosa che lo intimorisce. Dalle piccole case di legno immerse nella vegetazione escono bambini che si rincorrono giocando. Lui guarda con insistenza in quella direzione. Elena non vede nessuno, ma intuisce che il ragazzo è agitato, sembra che tema di essere spiato. È arrivata a lui tramite un giornalista inglese che si occupa di cambiamenti climatici. Glielo ha indicato come fonte attendibile, quindi deve credergli. Però non si rassegna a prendere per buona la notizia di ventiquattro isole sparite a causa degli scavi illegali di sabbia, è una dichiarazione che davvero si fatica a prendere sul serio. Lui ha intuito che non gli crede e sembra sfiduciato, non sa come farle capire che non mente.

«Chiedigli come hanno trasportato la sabbia delle isole e soprattutto dove l'hanno portata.»

Quando l'interprete completa la domanda, il ragazzo scuote la testa. Non lo sa. Ripete che la sabbia è stata scavata, poi, piano piano, l'oceano ha eroso i resti delle isole e le ha sommerse. Non vuole o non può dire di più.

Il caldo è insopportabile. È una giornata umida. Elena ha la camicia appiccicata addosso. Però non è questo a infastidirla, è la fatica che ha fatto per arrivare fino a lì, dove sta ascoltando assurdità tanto improbabili quanto impossibili da verificare.

«Chiedigli di nuovo se sa dove hanno portato la sabbia, se conosce la destinazione.»

L'interprete usa un tono brusco. Il ragazzo scuote di nuovo la testa. Non lo sa. Ma sembra meno categorico di prima. Elena ha l'impressione che voglia parlarle in privato e stia cercando un modo per farlo.

A quell'epoca lei non sapeva ancora che tante persone muoiono per mano dei trafficanti. Muoiono i bambini che lavorano nelle cave, muoiono gli operai. Chiunque si opponga alla folle corsa per accaparrarsi sabbia in modo illegale rischia di morire.

Il pericolo è evidente negli occhi del ragazzo, ha lo sguardo vitreo. Forse ha paura dell'interprete. Elena ci arriva all'improvviso. Forse l'interprete ha detto al ragazzo qualcosa che lei non ha afferrato. Hanno scambiato alcune frasi in indonesiano e da quel momento lui ha cambiato atteggiamento. Allora Elena finge. Guarda l'orologio e si alza, come se a un tratto avesse scoperto di avere un altro appuntamento. «Devo andare» dice all'interprete, mentre pensa al modo per restare qualche minuto da sola con il ragazzo. Sulla strada li attende l'auto che deve portarli in città e poi all'aeroporto.

«Per cortesia,» domanda Elena all'interprete «puoi andare dall'autista e chiedere quanto ci impiegheremo ad arrivare a destinazione? Temo di trovare traffico.»

L'interprete annuisce. Si infila le ciabatte che si era tolto per sedersi, si passa le mani sulla camicia che chissà per quale miracolo non è intrisa di sudore, e si avvia verso la strada. Dalla traduzione che le ha fatto poco prima, Elena ha capito come si dice "dove". Le resta solo un'occasione e non può sprecarla. Si guarda intorno. Sono soli. Sulla terra Elena scrive con il dito la parola magica: DOVE?

Il ragazzo capisce al volo. Le sorride. Ha compreso che lo sta proteggendo. Lei non dirà a nessuno ciò che lui rivelerà, ora ne è certo. Scrive in fretta sul terreno il nome di una città: Singapore. Poi a fianco fa lo schizzo di una nave e sotto ci scrive: KRI *Kerinci*.

"KRI *Kerinci*". Elena se lo ripete mentalmente per non dimenticarlo. Con la mano cancella alla svelta il nome sul terreno. Il ragazzo le sorride di nuovo, chiude gli occhi per un istante e giunge le mani in segno di preghiera e saluto.

"KRI *Kerinci*". Non sa cosa significhi, ma continua a ripetersi in testa quel nome.

L'interprete imbocca di nuovo il sentiero, cammina verso di loro. Li raggiunge: «Quaranta minuti per arrivare in città».

Elena si alza, calpestando la terra per cancellare meglio le tracce della scritta. Il ragazzo ha cambiato espressione, esibisce un finto broncio che conferma la sua buona fede. Non vuole dare a intendere di averle rivelato una notizia importante.

L'umidità è talmente insopportabile che a Elena sembra di non riuscire a raggiungere l'auto parcheggiata a pochi passi. Le gambe hanno smesso di assecondare i suoi comandi. Chiede la cortesia di potersi sedere dietro, nonostante i finestrini posteriori non funzionino e nell'abitacolo il caldo sia asfissiante. Mentre attraversano un boschetto di palme, l'interprete chiacchiera con l'uomo al volante che guida come un teppista, prendendo le curve in modo troppo disinvolto. Elena segna sull'agenda: KRI *Kerinci*.

Ventiquattro isole sono sparite nell'arco di pochi anni. L'innalzamento dell'oceano ha sommerso ciò che ne restava, ha cancellato la prova dello scempio. Gli autori del disastro, i trafficanti di sabbia, hanno di certo considerato un trionfo la distruzione di quell'ambiente, ignorando che ciò li priverà a breve delle loro stesse case e di uno spazio nel mondo. "Milioni di persone rischiano di restare senza tetto" pensa Elena in preda al voltastomaco.

Mentre l'auto corre tra le palme verdissime e si dirige verso il mare, Elena rivede suo padre. A ogni latitudine i delinquenti sono scaltri e ottusi, si somigliano tutti.

27

«Al mio treno manca un'ora» dice Fabio sotto le lenzuola. «Ti dispiace se resto qui e non ti accompagno alla stazione?»

Sul cuscino si vede solo un ciuffo dei suoi capelli.

«Non è un problema, tesoro, dormi pure.»

Della giornata nel grande albergo liberty Elena ricorda il triangolo di luce che illuminava la stanza quando aveva aperto la porta per uscire in corridoio.

"Forse l'amore è la differenza tra chi eravamo e chi siamo diventati" pensa chiudendo la porta dietro di sé. Lei non è la stessa persona che è entrata in quella stanza, le sembra di essere più stupida, in qualche modo migliore.

Nella hall l'immenso tappeto le pare ancora più grande, ci cammina sopra fino a raggiungere la reception, barcolla sulla morbida tessitura di lana che fa ondeggiare le sue convinzioni, i suoi dubbi.

Pensa a Fabio, a loro due riflessi nello specchio. Basta poco per essere felici, basta non aspettarsi più di esserlo e sbagliarsi.

Prima di uscire in strada, Elena saluta il concierge con un grande sorriso. Sente di amare anche lui, perché è il testimone di un miracolo a cui non avrebbe mai pensato di credere ancora.

Cammina verso la stazione, affretta il passo senza smettere di osservare il cielo grigio e la luminosa trasparenza delle nuvole, osserva le persone ma non le vede per davvero, sono comparse su un palcoscenico, utili solo a rendere reale lo spettacolo messo in scena. I sensi di colpa sono spariti, non sente più il vuoto feroce che l'ha portata in quella città dove tutto è iniziato per scherzo. Cammina a passo rapido, poi rallenta, vorrebbe perdere il treno, tornare indietro. L'idea di rinunciare a un solo minuto con Fabio la fa star male. Fino a qualche ora prima, avrebbe definito patetico un pensiero così.

A un tratto non le interessa più l'inchiesta che sta preparando. È insopportabile ritornare alla devastazione del mondo ora che solo l'amore è importante, un amore immenso, se saprà rinunciare a farsi domande e a cercare di far combaciare la realtà con i sogni.

Si ferma a un semaforo rosso. Dalla borsa tira fuori il telefono. Deve chiamare Fabio e dirgli che ha capito. Ha compreso le sue crisi, le sue malinconie. "Forse è amore anche credere di aver capito qualcosa che poi ci sfuggirà, che dimenticheremo o vorremo dimenticare quando tutto sarà finito" pensa Elena, mentre le luci dei negozi si spengono. "I pensieri sull'amore sono una vera perdita di tempo" avrebbe detto quella mattina, se glielo avessero chiesto.

Cerca il nome Fabio nell'elenco delle chiamate recenti. Un *clic* e la telefonata si interrompe, la linea non è libera e scatta la segreteria. Ciò che vorrebbe dirgli non può essere inciso in un messaggio, non ha una frase pronta, non sa tradurre in parole ciò che le è passato per la testa e ora è svanito, come un oggetto non completamente a fuoco, irriconoscibile nella fotografia di quel momento.

Il semaforo diventa verde e attraversa la strada. Entra in stazione e mentre sale sul treno colleziona i dettagli della giornata con Fabio. Sono perle su un filo. Le inanella una dopo l'altra, le sposta, le sistema fino a quando diventano un manufatto perfetto e diverso dal vero.

Solo oggi vede ciò che allora non vedeva. Anzi, vede ciò che vedeva benissimo e scartava perché non coerente con le illusioni. Solo perdendo la vista si può trovare il coraggio di pronunciare la parola "perfezione".

«Siamo perfetti» ha sussurrato Fabio poco prima, togliendole i vestiti.

"La fine di un amore è crudele non per la sofferenza che porta, ma per la luce spietata che getta su di noi" pensa oggi Elena nel tentativo di darsi spiegazioni. "La luce rende visibili i nostri gesti e i pensieri di allora, quando ci rendevamo conto di tutto e mettevamo a tacere le intuizioni."

Se Marco la vedesse torcersi in quelle riflessioni, le ripeterebbe ciò che più volte le aveva detto: «Tu puoi spaccare il capello in quattro per preparare un'inchiesta ben fatta, ma non puoi usare lo stesso metodo per analizzare la vita».

"Elena e Fabio sono due puntini su un grafico" pensa quando prende le distanze da se stessa e si ostina a trovare un senso alle proprie scelte insensate. "Sono due puntini che sulla carta si sono sovrapposti nonostante fossero diversi i valori che determinavano la loro posizione."

"La spiegazione è semplice," direbbe Marco "hai scambiato per miracolo ciò che la matematica definirebbe errore."

Dopo la giornata nel grande albergo liberty trascorre un mese intero prima che Elena e Fabio si rivedano, un mese di messaggi che riletti ora fanno ridere. Contengono le buone intenzioni di Fabio e i lunghi discorsi di Elena, dettagliati, stonati e noiosi.

Un grande amore non può nascere senza una profonda illusione all'origine, ma non può durare se quell'illusione è stata troppo grande. Ora lo sa.

Stasera l'incubo di Elena è tornato. Le appare più nitido, decifrabile. È stesa nel letto, rannicchiata su un lato. Si fa da parte per non togliere spazio a chi non c'è. Da mesi dorme sola, ma sul letto i cuscini sono sempre due.

Si rigira tra le lenzuola e il sogno prende forma, le figure si muovono al rallentatore. Sulla spiaggia è notte. La luce di un faro ruota sul mare e svanisce. Un uomo cammina sulla riva. È alto, robusto, impugna un badile. Lo batte sulla schiena di un altro uomo che, ricurvo su una buca, ammucchia con movimenti veloci piramidi di sabbia. Le onde arrivano lunghe e friggono sulla battigia mentre si ritirano, trascinando sassolini e conchiglie. All'improvviso i fari di un camion attraversano le file di ombrelloni chiusi. Si muovono come gli occhi di un predatore che annusa il terreno. Un uomo tozzo spicca un salto dallo sportello aperto e inizia a urlare rivolto ad altri uomini che invadono la spiaggia. Sono piccoli, si allineano come formiche, scavano a ritmo frenetico.

Gli gnomi avanzano e, a ogni metro estratto, il mare si innalza, li insegue, li raggiunge. Scavano sempre più in fretta, sollevando palate di sabbia che volano nel cassone del camion fino a riempirlo. Ora è un enorme verme. I piccoli uomini si muovono compatti verso la passeggiata, oltre gli ombrelloni che ormai divelti sprofondano nella enorme voragine che si riempie d'acqua. Le onde morsicano la terra, staccano pezzi di strada, sollevano l'asfalto e si infiltrano sotto i palazzi, li scuotono, li fanno vibrare fino a quando i balconi si staccano e i muri si sbriciolano e si sciolgono nell'acqua che avanza divorando la costa. Intanto il verme di sabbia si muove, si gira con il muso verso le onde, si immerge e scompare nell'abisso, seguito da una scia di schiuma bianca su cui galleggiano mobili, abiti, auto, esseri umani spogliati e irriconoscibili, con le membra strappate dalla furia di quella bufera provocata da altri uomini. Sotto il peso delle macerie la città sprofonda, la voragine marina ingoia giardini, statue, basiliche e moschee. I grattacieli si spezzano e cadono nella nera coltre d'acqua che copre tutto. Elena grida. Adesso grida con tutto il fiato che ha trattenuto. Stringe la mano di un uomo. A una a una le dita perdono la presa, sfuggono, e lei grida a perdifiato. Il mare si scaglia con ferocia contro la costa. Le spiagge sono inghiottite dalle onde che hanno uncini sulla cresta, si allungano, diventano tentacoli. Intorno urlano tutti, una bolla d'acqua ingloba la scena e la insonorizza, spegnendo le voci. Il vento soffia prendendo forza dal mare. Gli spruzzi sono gelidi, li sente sul viso. La mano che ha lasciato era quella di Fabio.

"Non durerà, non può durare" pensa Fabio quando si incontrano la prima volta. "Durerà per sempre" pensa Elena, che non ha mai usato la parola "sempre".

Fabio è il più sensibile, vede all'inizio i presupposti della fine: sarà Elena a lasciarlo e l'unico modo per non starci male è anticiparla nella decisione.

28

"KRI *Kerinci*".

Il ragazzo ha scritto proprio così: KRI in stampatello e il resto in corsivo. Nella sala d'attesa dell'aeroporto, Elena cerca su internet: KRI è un prefisso, viene usato prima del nome per indicare le navi della flotta indonesiana. Kerinci è il nome di un vulcano che sorge a Sumatra. KRI *Kerinci* potrebbe quindi essere un pattugliatore per la lotta al contrabbando o alla pirateria. Nel grande affare delle ventiquattro isole scomparse, forse i trafficanti hanno camuffato le navi per confonderle con quelle regolari dello Stato. "Oppure hanno agito con la collaborazione di funzionari pubblici" pensa Elena.

Il timore che ha letto negli occhi del ragazzo le sembra una conferma: l'azione dei criminali ha coperture in alto. È successo in Malesia. Hanno corrotto alcuni funzionari statali che sono stati poi condannati, ma il gioco non è comunque finito.

«Il segreto è l'unica forma di protezione» le ha sempre detto Marco. Elena sa bene che ha ragione, la frase le viene in mente ogni volta che incrocia uno sguardo ambiguo, per esempio quello dell'interprete che in auto le aveva domandato: «Il ragazzo ha insistito con quella follia delle isole scomparse?».

«No,» aveva risposto lei senza battere ciglio «non ha aggiunto nulla, anzi, si è scusato per avermi fatto perdere tempo. Era emozionato dall'idea di rilasciare un'intervista e per questo si è inventato quella sciocchezza.»

«Bene» aveva replicato l'interprete. «Le persone parlano senza pensare.»

Elena invece sa che il ragazzo ha detto la verità, l'ha verificato. Le rivelazioni folli spesso sono vere perché sarebbe impossibile inventarsele. Nel suo lavoro ha assistito a complotti creati ad arte, a depistaggi, ma quando un ragazzo di sedici anni racconta che ventiquattro isole sono sparite non puoi che prenderlo sul serio. Le isole, infatti, non ci sono più. Durante gli scavi, sul fondale marino si sono depositate nuvole di sabbia e di polvere, le draghe le hanno sollevate dagli abissi dove poi sono ricadute. Le barriere coralline e i pesci muoiono anche per questo. Nella nebbia sottomarina causata dai detriti dispersi tante specie perdono l'orientamento, i pesci non riescono più a individuare i loro compagni e, separati dal resto del gruppo, non sopravvivono. Lo dirà nella sua inchiesta, cercherà di dimostrarlo con le immagini.

Dopo il passaggio dei trafficanti, dopo furti continui di sabbia, le spiagge si riducono a dimensioni misere. Le fondamenta d'argilla sono tutto ciò che rimane. Ho visto con i miei occhi quelle spiagge. Sembrano pazienti curati con la chemioterapia, ma con dosaggi troppo alti.

«La montagna di sabbia delle isole scomparse è stata trasportata a bordo della KRI *Kerinci*?» le ha chiesto Cesare. È una domanda a cui sarà difficile rispondere con prove documentate. Forse sì, ma è solo un'ipotesi. È assai probabile, per non dire certo, che con l'aiuto di piccole chiatte, la sabbia sia stata portata fuori dall'Indonesia per diventare parte di una immensa città-stato che cresce a ritmo spaventoso: Singapore.

Elena è andata più volte su quelle spiagge malate. Sono davvero scheletri. Jakarta in Indonesia e Bangkok in Thailandia spendono miliardi di dollari all'anno per possenti muraglie frangiflutti e altre misure di protezione dall'oceano. Sono costretti a farlo perché all'opera devastante dell'uomo si sommano gli effetti del cambiamento climatico.

«Sulle coste di tutto il mondo sorgono megalopoli» dice Elena a Fabio durante una telefonata, dopo una giornata di lavoro passata a scegliere sequenze video tra ore di girato. «In questi anni credo di aver visto la pazzia umana in carne e ossa. Ho visto imprese costruire sul bordo dell'oceano. Ho visto gru innalzarsi in luoghi ad alto rischio, su litorali dove il mare si abbatte con furia cieca. L'ho filmato. È un azzardo inconcepibile, eppure è accaduto, accade, e pare non ci sia modo di tornare indietro.»

«Sei sicura?» risponde Fabio. «Non è che ti suggestioni da sola? Voi catastrofisti siete così.»

Elena ha un'esitazione. Non è certa di aver capito bene, Fabio non può averle detto davvero ciò che ha sentito.

«Certo che sono sicura! Milioni di persone, milioni di edifici in aree a rischio: come si può disfare tutto questo? Nessuno lo sa e pochissimi si pongono la domanda. È così che continua l'espansione verso il mare e gli uomini proseguono a scavare sabbia su tratti di costa che restano senza protezione. E con quella sabbia costruiscono altrove mondi provvisori, isole artificiali, aeroporti e città.»

«E per forza,» replica Fabio sbadigliando «il mondo deve andare avanti. Adesso tu cerca di dormire e non pensare più a queste disgrazie. Ti rovini la salute.»

«È sempre interessata ai disastri ecologici?» chiede il professore quando finalmente si rifà vivo. Dal tono della voce si capisce che qualcosa non va. La invita ad andare a trovarlo.

Quando la chiama, Elena sta provando un vestito primaverile a fiori in un negozio del centro. Non ricorda l'ultima volta che ha fatto una cosa simile. Non dipende solo dalle sue ristrettezze economiche. Dipende dalla sua testa. Non compra un abito femminile da secoli, solo pantaloni, e per giunta di taglio maschile. Non indossa un abito fantasia dai tempi della scuola elementare. Ne mette uno e si guarda allo specchio. Il vestito le pende sulle spalle in modo asimmetrico. È la postura a giocare un brutto scherzo, è il suo corpo a ribellarsi. Lei vuole costringerlo a comportarsi in modo diverso da come è abituato. Elena è rigida davanti al riflesso, subisce i neon implacabili che le tingono la pelle di verdognolo. Sembra un gatto sotto la pioggia.

Il vestito le sta malissimo, o almeno così le sembra. Lo compra. La commessa lo infila in una busta di nylon trasparente. Quando arriva a casa del professore e aspetta sul pianerottolo che lui apra, tiene la busta dietro la schiena.

«Mi nasconde il bottino di un furto?» dice lui ridendo mentre la fa entrare. «Venga, si accomodi. Cerco di tenermi allegro. La fine del mondo per oggi può attendere...» Accarezza i braccioli lisi della poltrona su cui si è seduto e poi, scuotendo la testa, sussurra in tono serio: «Dobbiamo proteggerci dal mare, dobbiamo farlo per colpa delle azioni irresponsabili che abbiamo messo in atto nel corso dei decenni, ci siamo esposti a enormi invisibili pericoli e ora eccoli qua, sotto gli occhi di tutti. O forse no, non di tutti. Sotto gli occhi di chi i pericoli vuole vederli... Ci sono molti struzzi su questo pianeta, lo sa?».

Sembra che abbia preparato il discorso e lo stia ripetendo a memoria. Poi abbassa lo sguardo sulla borsa di nylon. La fantasia floreale del vestito è ben visibile. «È nuovo? Comprare vestiti è un segno di ottimismo. Lei è ottimista?»

«Non credo... non direi... Facendo il mio mestiere l'ottimismo è un lusso, per non dire un'utopia.»

«L'ottimismo va sempre coltivato, soprattutto nella disperazione. Ne hanno bisogno i disperati, mica gli altri... Le dicevo per l'appunto delle azioni irresponsabili di questi ultimi cinquant'anni: ci obbligano a ricostruire di continuo le spiagge. Siamo costretti a farlo sia per difesa sia perché il turismo vive di questo.»

Elena lo ascolta con attenzione. Sembra che abbia scelto il tono adatto a una conferenza.

Intanto il professore infila un po' di tabacco in una pipa che mette tra le labbra spenta. Il suo è un monologo, non fa domande, ma Elena da quando è entrata ha la sensazione di essere sotto osservazione.

«Siamo tenuti a essere folli, a continuare a esserlo» riprende lui passandosi una mano sulla fronte e muovendo la pipa come se la stesse fumando davvero. «Un giorno finirà il denaro per pagare il gioco del ripascimento, della ricostruzione delle spiagge con tonnellate di sabbia prelevata o rubata chissà dove, ma sino ad allora saremo obbligati a questa farsa. Dovremo portarla avanti fino a quando la sabbia non mancherà del tutto.»

«Lei crede davvero che la sabbia possa un giorno venire a mancare?»

«Certo! La sabbia ha bisogno di tempi lunghissimi per formarsi e noi la stiamo usando a un ritmo sconsiderato. Peraltro la riserva più grossa non è già più a nostra disposizione. Ci hanno costruito sopra le case. Basta osservare le coste: è evidente. Come dicevo, saremo costretti a rubarla dove è ancora disponibile. Del resto, lei conosce gente che desidera avere una cava di sabbia davanti a casa? Conosce qualcuno disposto a rischiare la silicosi? Non credo. Quindi la sabbia raggiungerà prezzi altissimi o verrà prelevata in giro per il mondo, dove il lavoro sporco sarà affidato a trafficanti. "Non nel cortile di casa mia" si diceva anni fa per le discariche. Per le cave di sabbia vale la stessa cosa.»

Dalla cucina arriva rumore di stoviglie e odore di sedano

bollito. La badante si affaccia alla porta del soggiorno. «Non si azzardi a mettere in agitazione il professore che è quasi l'ora di cena» dice sorridendole per la prima volta.

Elena vorrebbe chiedergli perché è sparito per qualche giorno e non ha risposto alle sue chiamate. E soprattutto vorrebbe sapere perché le ha fatto una domanda sul suo cognome. Se Elena ha accettato al volo l'invito a presentarsi lì, è proprio per avere una risposta alle domande che non riesce a porgli.

«L'Indonesia, la Malesia, il Vietnam e la Cambogia sono state costrette a limitare, se non a bloccare, le esportazioni di sabbia verso Singapore. Lei lo sapeva?» gli chiede a un tratto per riempire il vuoto nella conversazione e sottrarsi alla sensazione di essere sotto analisi. «La fame di sabbia è così spaventosa che le spiagge, ma anche il letto dei fiumi, sono stati depredati. L'ho visto con i miei occhi» conclude voltandosi verso la credenza in fondo alla stanza, su cui è poggiata una grossa clessidra dentro la quale la sabbia scende pian piano.

Anche il professore si gira verso quell'oggetto e accenna un sorriso. Poi si sporge dalla poltrona guardandosi le spalle per scongiurare l'arrivo della badante. «Come vede anche io mi sono accaparrato la mia dose personale di sabbia sottraendola all'ecosistema» dice indicando con il dito la credenza. Poi ride schiacciando altro tabacco nella pipa. «Si consoli, cara Elena. Gli uomini continueranno a fare danni fino a quando il mondo esisterà» aggiunge sottovoce, come volesse farle una confidenza. «Ha letto i rapporti sulle dighe americane? A forza di bloccare il flusso naturale della sabbia di fiume, che un tempo alimentava le coste, nel giro di qualche anno le spiagge della California meridionale non esisteranno più.» Si toglie gli occhiali e si strofina le palpebre. «In tutto il mondo le zone umide sono state distrutte. Accade in America ma anche qui da noi. Lei lo sa bene, non è vero? Le zone umide, le dune, ci difendono dalle tempeste e dagli uragani, e basta guardare cosa succede al di là dell'Atlantico per capire la forza che abbiamo scatenato contro noi stessi, modificando il flusso della sabbia e, talvolta, andandola a rubare. A proposito, come sta suo padre?»

Il colpo arriva così secco da paralizzarla. Vorrebbe reagire, affrontare subito il discorso, liberarsi dall'ansia che le toglie il fiato ogni volta che qualcuno tira in ballo la sua famiglia. E invece, nell'imbarazzo del momento, le viene in mente una cosa che non c'entra niente. È un pensiero che sembra sbocciare all'improvviso, ma in realtà arriva da molto lontano. È articolato e inopportuno. Elena non riesce a liberarsene, l'ha scritto e riscritto nei suoi appunti: "L'amore è simile alla sabbia che ricostruisce le spiagge. Il mare la trascina via e per colpa nostra non torna indietro. Siamo costretti a cercarla altrove, lontano dal luogo d'origine. È una risorsa scarsa, proprio come l'amore di cui abbiamo bisogno per proteggerci dal dolore. È per evitare la desolazione che siamo obbligati a procurarcela a ogni costo, a riportarla sul bordo dell'oceano per salvarci dalle onde, dalla disperazione, in un processo che dura all'infinito. Una sola certezza abbiamo: veder fallire ogni nostro nuovo sforzo".

«Ha osservato la mia clessidra?» chiede il professore vedendola smarrita e assente. «L'ho comprata qualche giorno fa. Serve a misurare il passaggio di due ore. L'ho presa così grande perché, su qualsiasi argomento, mi servono almeno due ore per rivedere e ribaltare le mie convinzioni. Sto cercando qualcuno che mi aiuti a ribaltare il pessimismo che ho accumulato in questi anni, non vorrei morire disperato.»

29

In pochi secondi nel Kerala, in India, sono saltati in aria grattacieli di lusso con vista mozzafiato sul lago e sulle verdissime palme di Maradu. Quattrocento appartamenti in calcestruzzo andati in fumo. Una colonna di polvere aleggia per mezz'ora sulla città, poi ricade sugli alberi e sugli edifici, un uniforme colore grigio ricopre tutto.

Marco è là. Telefona a Elena durante l'esplosione. Le racconta che gli uccelli volano basso quando le cariche scoppiano una appresso all'altra, a distanza calcolata, come le scintille che precedono uno spettacolo pirotecnico. Glielo spiega parlando in fretta e il suo tono sembra quello di una diretta tv.

Marco ha bisogno di documenti su cui hanno lavorato insieme per un'indagine che risale a qualche anno prima. Glieli domanda all'inizio della telefonata. La sua richiesta è circostanziata, precisa, ma Elena ha l'impressione che sia solo una scusa.

«Le micce brillano!» esclama a un tratto lui, e le racconta in modo concitato la nuova scena a cui sta assistendo. «Sono collegate alle cariche esplosive. Ecco, li senti? Una raffica di scoppi attraversa i primi piani degli edifici. I pilastri saltano in aria. La polvere esce dalle strutture come il soffio di un drago. È incredibile! I palazzi si stanno inginocchiando, precipitano, adesso nel cielo sale un'enorme nuvola.» Marco tossisce, forse si è avvicinato troppo al sito dell'esplosione. Elena sa quanto può essere spericolato quando si tratta del suo lavoro.

«Allontanati da lì!» gli dice mentre lui continua a tossire. «Ti prego di non fare il pazzo almeno per una volta!»

«No,» replica lui schiarendosi la voce «non sto facendo il pazzo. Non sono vicino ai palazzi. Le riprese sul posto le sta girando l'operatore. Io sono al sicuro, sto vedendo tutto dietro i vetri dell'albergo che si affaccia sul lago. Non avrei mai pensato che questi edifici di pregio, costruiti in un luogo proibito, potessero essere cancellati in pochi minuti.»

«Se sono stati costruiti in un'area proibita è giusto che li abbiano fatte saltare» dice Elena. «Purtroppo non capita spesso qui da noi...»

«Eh... meglio non parlarne... Ora è tardi, devo salutarti, ma vuoi sapere una cosa?»

«Quale cosa?»

«Seguendo le fasi della demolizione ho pensato a noi.»

Elena allontana il telefono dall'orecchio. Poi lo riavvicina. Finge di non aver sentito la frase.

«Per quando ti servono i documenti che mi hai chiesto?»

Marco non risponde. Resta zitto qualche istante e poi dice: «Chissà quanto tempo ci hanno messo a distribuire tutte quelle cariche esplosive... e da fuori non si vedeva niente. Sei stata brava... Sono imploso senza aspettarmelo».

Elena si siede. Una stanchezza improvvisa la abbatte. Tra le parole di Marco e le sue passano alcuni interminabili secondi. Ha gli occhi bassi, fissa il pavimento della cucina, le piastrelle sono disallineate, non se n'era mai accorta. Poi si alza, inizia a camminare intorno al tavolo e stringe il telefono fino a sentire le dita indolenzite. Si morde le labbra. Sta per chiudere la conversazione quando all'improvviso alza la voce: «Il tuo non mi sembra un paragone felice!». Vorrebbe fermarsi, non proseguire il discorso, evitare lo scontro e invece continua in modo più aggressivo: «La metafora che hai usato non mi pare pertinente, forse è anche di cattivo gusto...».

Marco tace. Il silenzio dura qualche istante, poi fa una cosa che non ha mai fatto in tutti gli anni in cui sono stati insieme; invece di abbandonare la polemica e provare a uscire dal collo di bottiglia in cui sono finiti, replica con tono acceso: «Non è pertinente secondo te. Chissà quanto tempo ci hai messo a minare i pilastri...».

Elena fa un lungo respiro e chiude gli occhi. Spera che cada la linea o che lui metta giù. «Se continui così, chiudo!» gli dice alzando di nuovo la voce. «Mi pare ingiusto il tuo atteggiamento nei miei confronti. Come puoi pensare che io abbia premeditato una cosa simile... Credi che sia stata una scelta? Non ti è venuto in mente che potrei essere anche più triste di te, proprio perché mi faccio mille colpe?»

Marco resta muto. La linea cade. Non si sono neanche salutati. Nessuno dei due richiama.

Prima di Fabio non sarebbe mai successo. Lei avrebbe cercato in qualche modo di rimediare, si sarebbe accorta dell'errore commesso e avrebbe sciolto la tensione scrivendogli un messaggio di scuse. Adesso invece resta a guardare il telefono poggiato sul tavolo, lo contempla con indifferenza.

"Lo richiamerò quando avrò trovato i documenti" pensa. Se non avesse paura di compiere un errore fatale, gli ritelefonerebbe subito. Marco è la prima persona a cui vorrebbe raccontare ciò che le è successo. Gli racconterebbe degli incontri con Fabio, ma eviterebbe di parlargli di lui. E soprattutto della lettera.

Elena e Fabio, per il loro terzo incontro, si danno appuntamento nell'hotel dove lei ha una stanza già prenotata. Deve partecipare a un convegno proprio nella città dove Fabio abita. È trascorso troppo tempo da quando si sono visti l'ultima volta, giornate di fitti messaggi. Elena li ha conservati e riletti più volte in seguito. Poi una sera li ha cancellati tutti insieme.

Fabio dovrà fingere di non conoscerla. Questo è l'accordo.

«Non c'è problema» dice. «Tu fai ciò che devi fare e poi ci vediamo in albergo.»

Elena gli lascia una chiave della camera in reception.

Si incontrano per caso di fronte all'hotel. Lui arriva un'ora prima del previsto. Lei è di spalle davanti a una vetrina e lo vede riflesso nel vetro. Si volta di scatto e gli sorride. Le sembra di non averlo mai incontrato prima, la sua immagine in pullover grigio si sovrappone per un attimo a quella di Marco e la confonde.

«Ho una cena» gli dice, allungando una mano per spostargli dalla fronte un ciuffo di capelli che il vento ha scompigliato. «Cercherò di tornare prima possibile, ma devo andarci...»

Poi si separano. Lui si avvia verso l'ingresso dell'albergo. Lo vede camminare sulla passatoia blu che dalla piazzola dei taxi porta alla reception. "Quello è il mio fidanzato" pensa Elena e la parola "fidanzato" la fa sorridere. Resta a guardarlo fino a quando non scompare all'interno.

Il vento ha spazzato via le nuvole. La giornata è splendida. Gli alberi, le case, le persone sembrano i dettagli di una cartolina. Elena si ferma nella hall, ordina un caffè, e attende l'inizio del convegno che si svolgerà nell'auditorium.

Durante la pausa pranzo lascia il buffet e con alcuni colleghi sale in ascensore per prendere un caffè in terrazza. Sta per schiacciare il pulsante quando vede Fabio arrivare dal corridoio. Le sorride, raggiunge l'ascensore a grandi passi e sale anche lui. "Sei così bella." Glielo scrive in un messaggio mentre attende di arrivare al piano della loro camera in mezzo ad altre persone. Lo fa stando in piedi di fronte a lei, che non può neanche salutarlo per paura di svelare il loro segreto. Un collega le parla del furto di dati informatici su cui sta lavorando. «Sì, certo, un bel disastro» gli risponde, mentre Fabio finalmente si avvicina alle porte automatiche e uscendo le sfiora la giacca. Si scambiano uno sguardo. Ha addosso un profumo intenso che resta nell'aria. "Come è possibile che la gente intorno non faccia caso a lui?" pensa Elena. Vorrebbe dire a tutti che è lei la fidanzata di quell'uomo, che lo seguirebbe ovunque. Invece resta immobile, in silenzio, mentre il collega continua a lamentarsi dell'azione degli hacker che ha bloccato la messa in onda del suo servizio.

"Sei così bella." Glielo scrive di nuovo prima che lei raggiunga la sala della cena. Elena non riesce a distogliere lo sguardo dal display del telefono. La frase brilla sul fondo nero dello schermo, brilla mentre lei si specchia nella parete vetrata del salone dove sta arrivando gente. Le pare che il vestito sia perfetto, così come la pettinatura. Si sente davvero bellissima. Solo l'aggettivo "ridicolo" definisce con precisione i suoi pensieri di quel giorno.

Fabio le scrive che andrà in camera ad aspettarla, le scrive che la ama.

Quando Elena rientra a tarda ora lui si è addormentato. Il suo profumo la avvolge appena entra nella stanza. Da ore sogna di fare una doccia. Va in bagno e sulla mensola trova un flacone di vetro con sopra l'etichetta dell'albergo. Preme l'erogatore e spruzza il profumo sul dorso della mano. È proprio quello che Fabio ha addosso.

«Amoremio, scusa, avevo sonno» le parla da sotto le lenzuola. Ha gli occhi rossi ed è spettinato.

«Sei tu che devi scusarmi. La cena non finiva più.»

«Vieni qui, amoremio. Siediti accanto a me. Ti faccio una foto così ti ricordo.»

«Hai bisogno di una foto per ricordarti di me?»

«No, amoremio, però adesso te ne scatto una.»

È gentile, simpatico.

Oggi Elena si chiede come potrebbe non esserlo stato al terzo incontro in un hotel di lusso. Se lo chiede solo adesso perché, quella sera, l'unica spiegazione che si dava per tanta felicità era che si trattava di un "prodigio".

Fabio le scatta una foto e gliela mostra. È orribile. Lei si butta sul letto per prendergli il telefono e cancellarla. Ridono. Si baciano.

«Somigli a una ragazza che avevo da militare. Ci sono stato assieme per tutta la ferma. Molto bella.»

«E che fine ha fatto?»

«Non lo so.»

«Abitava nella tua città?»

«No. Abitava vicino alla caserma. A quattrocento chilometri da casa mia.»

«Ti sarà dispiaciuto lasciarla...»

«Non saprei. Era troppo lontana.»

«E non le hai più scritto, telefonato...?»

«No.»

«E perché?»

«Perché sono partito. Sapevo di dover partire il giorno dopo, ma l'ultima sera che l'ho vista non gliel'ho detto. Sono andato via senza salutarla.»

«Come è possibile?»

«Era lontana. Quella zona non mi piaceva più di tanto.»

«E sei partito senza salutarla, senza spiegarle...»

«Non sono programmato per queste cose, amoremio. Non fanno per me.»

Lo guarda senza dire niente. Lui le sorride. Il prodigio che ha nome Fabio è arrivato in un momento così difficile della sua vita che niente può indurla a metterlo in dubbio. Lei, che per mestiere dubita di qualsiasi cosa, quella sera ha solo certezze. È una notte perfetta. "'Perfetto' è un aggettivo insensato," pensa Elena "andrebbe eliminato dal vocabolario."

Dormono abbracciati fino al mattino. Sono liberi. Nessuno sa di loro e dunque sono liberi dal giudizio degli altri, liberi da ogni vincolo. Questa è l'idea che Elena ha dell'amore: libertà da ogni vincolo formale, scelta che si rinnova di continuo se ne esistono i presupposti.

Libertà: è questo che Fabio le rinfaccerà due mesi dopo.

Dopo la telefonata di Marco, Elena esce sul terrazzo. La sera scende in fretta e il freddo è pungente. In strada due ragazzi camminano mano nella mano. Li segue con lo sguardo finché le loro sagome affiancate non le risultano insopportabili.

È stato il terzo incontro a portarla fuori strada.

Ci ripensa di continuo. Si ricorda che, prima dell'inizio del convegno, era riuscita a salire in camera inventandosi una scusa con gli altri relatori. Fabio stava sistemando lo zaino nell'armadio. Si era appena cambiato, indossava una polo azzurra sotto una giacca blu. Le era sembrato in gran forma. Era sereno, aveva il viso meno tirato, come se il tempo fosse tornato indietro di anni. Le pareva di conoscerlo da sempre, l'immagine di Marco era svanita e davanti aveva un amore nuovo.

È seduto su una poltrona di fronte al letto, la guarda. Sorride. Scuote la testa.

«Che significa?» gli chiede.

«Significa che non mi sembra vero che sei qui.»

È tutto vero.

È stato tutto vero, Elena lo sa.

«Non devi lasciarmi amoremio. Non posso vivere senza di te.» Le parole di Fabio suonano così strane. "Non posso vivere senza di te" è un'espressione che Elena non ha mai sopportato neppure nei film. Ma ci crede, quel giorno ci crede. È una frase coerente con l'illusione che di quell'amore ha costruito.

Ripensa a ciò che ha detto Marco al telefono dall'India e si domanda dove vanno a finire le storie perdute, quelle che sembravano eterne, quelle che ancora aleggiano in camera da letto la domenica mattina quando ci risvegliamo soli, quelle che lasciano ricordi felici, impossibili da rivivere con la stessa intensità. Se sapesse dove è andata a finire la sua storia con Marco, attraverserebbe deserti per raggiungerla, per rivederla da vicino, per analizzarla sul vetrino di un microscopio e riprodurla, fotogramma per fotogramma, fino a scoprire che tornare indietro è l'unico modo per andare avanti.

Marco ha ragione. Tutte le storie sono grattacieli che possono crollare con un abbattimento programmato. Spesso a installare le cariche siamo proprio noi, e neanche ci accorgiamo di farlo. Elena non saprà mai se la storia con Marco è saltata oggi o in un momento passato in cui ha piazzato l'esplosivo senza rendersene conto. Forse l'ha fatto per una telefonata mancata, per una parola non detta, per una incomprensione che si è insinuata nelle fondamenta della loro relazione, tante scintille che hanno innescato il crollo.

La capacità di distruggere, il proprio talento nella devastazione, è il pericolo che oggi Elena teme di più.

Non ha capito niente di Fabio. È così che l'ha lasciato entrare nel proprio cuore. Doveva cancellare Marco. Doveva sostituire la felicità al dolore. È così che ha perso l'uomo che ha amato di più senza sapere come. L'ha allontanato pur volendolo trattenere. "Sono elementari le dinamiche dell'amore," pensa Elena "così stupide a osservarle da fuori, così complicate quando ci tolgono il fiato. È difficile ciò che appare semplice."

Cammina su e giù per il terrazzo. La cena la aspetta sul tavolo della cucina. Un piatto, un bicchiere, confezioni monoporzione tirate fuori dal frigorifero. "Devo allenarmi," pensa "devo separare il prima dal dopo e non confondere la tristezza di oggi con i sentimenti del passato. Devo preservare il passato, devo rinunciare a mischiare ciò che è stato con ciò che oggi non è. Ma aver cura di un amore finito è un esercizio che non riesce a nessuno. Un amore finito è un grattacielo che occupa spazio, che sorge nel nostro mondo proibito, è ingombrante. È così umano voler distruggere un ricordo, voler smettere di soffrire. È così umano esporre ad analisi continue i gesti e le parole fino a trovare l'anello debole della catena che ancora ci lega a un'emozione."

Elena si allena a non negare le sue scelte, a non distruggere, si allena a conservare intatto il ricordo di Fabio, sapendo che erano, l'uno per l'altra, le persone sbagliate.

«Non c'è niente di sbagliato in questa vita» le aveva detto Marco quando un giorno lei gli aveva parlato della sua famiglia, e lui si era seduto al suo fianco guardando il buio che avevano di fronte. «Non c'è niente di sbagliato... c'è la vita e basta. Ci sono i fatti per come si presentano. C'è un inizio casuale e una fine indecifrabile. Ci sono decisioni prese con convinzione, di solito le più assurde. C'è il nostro bisogno di credere a qualcosa che va oltre la vita, l'ostinazione a inventarselo se non esiste.»

Elena rientra in casa, cammina verso il corridoio dove ha sistemato il grande vaso in cui da mesi non ci sono più fiori. Lì conserva i biglietti dei biscotti cinesi. Ci tiene anche la lettera di Fabio, quella che le ha scritto la mattina del loro terzo incontro.

Lei esce dall'albergo presto, il lavoro la obbliga a dargli un bacio frettoloso e a lasciarlo nel letto a dormire ancora. Le sorride insonnolito. Resta a guardarlo dalla soglia dell'anticamera, poi controlla l'orologio, è tardi, i colleghi la aspettano per un caffè prima di riprendere i lavori del convegno. Chiude la porta senza far rumore e senza staccare gli occhi da Fabio finché la serratura non scatta.

Quando torna in camera la lettera è sul tavolino, sotto il piedistallo della lampada. Ha usato la carta intestata dell'albergo.

Amoremio,
devo andare ma non posso farlo senza prima averti detto quanto è bello averti. Che sei una donna unica, lo sai. Ma non sai quanto mi fai felice, amoremio. Ora ci vorrebbe una citazione, a esserne capace. Io vorrei solo averti ancora qui.

Dalla mensola del bagno, il flacone di profumo è sparito.

30

"Mi servono almeno due ore per rivedere e ribaltare le mie convinzioni." Elena ripensa alle parole del professore. Lei semmai ha il problema di trovare qualcosa che ancora la convinca.

La domanda sul padre che il professore ha abilmente inserito nella conversazione è caduta nel vuoto. Elena non è in grado di formulare una frase che abbia "padre" come oggetto del discorso. Inciampa, si blocca, non riesce ad andare oltre.

Marco non ha richiamato e le monoporzioni di cibo per la cena sono rimaste sul tavolo apparecchiato. Elena si siede, ne prende una, inizia a leggere gli ingredienti alla voce "verdure". Sull'etichetta compare anche un riquadro con i valori nutritivi scritti in piccolo. Li scorre, controlla la scadenza. Suo padre non farebbe mai una cosa simile. Non l'ha mai visto leggere niente. Nella casa di Elena tutto è in ordine perfetto, proprio perché in quella di suo padre regnava il disordine. Ricorda che nel cassetto delle posate della cucina dove ha trascorso infanzia e adolescenza c'erano dieci coltelli uno diverso dall'altro, forchette di misure disparate, cucchiai di plastica. Ricorda i piatti di diverso colore sbeccati sul bordo, stoviglie di recupero. Era il magazzino di un rigattiere la sua vecchia casa, e non perché mancassero i soldi. Anche nella stanza dove dormiva non c'era un mobile che andasse d'accordo con l'altro: plastica, legno, stili diversi, zeppe sotto le gambe dei tavoli.

Vivevano da poveri perché la ricchezza era tutto ciò che importava. Succede agli ignoranti.

«Mi portano rispetto» diceva suo padre, quando invitava persone con cui discuteva di soldi e di sabbia. A dieci anni Elena pensava che anche la madre fosse come lui. L'ha pensato anche a diciotto, quando se n'è andata, ma oggi non lo pensa più. È grazie a Fabio che ha cambiato idea.

«Che mestiere fa tuo padre?» chiede Elena a Fabio in una delle loro prime telefonate.

«È morto, faceva il fabbro.»

«E tua madre?»

«Faceva la moglie di un ignorante. Ma ho visto le sue foto. Secondo me prima di sposarlo era diversa.»

Anche Elena tiene le foto di sua madre in un cassetto, due immagini di quando era giovane ritagliate dalle fotografie della cresima della cugina. Le ha portate con sé quando se n'è andata di casa, le ha messe in mezzo a un libro e le ha dimenticate lì. Il viso di sua madre da ragazza è per lei un'antica stele ancora illeggibile. Non ha il codice per decifrarla, i tratti di quel viso sono domande senza risposta, sono ricordi che vorrebbe cancellare, specie la sera, quando gira in vestaglia per la casa vuota, e la tentazione di distruggere il passato la prende alla sprovvista, con una furia che non riesce a controllare. Solo Marco sapeva disinnescare la sua attitudine a farsi del male, era capace di leggere i suoi pensieri, di prevenire le crisi. "Forse per questo l'ho lasciato" pensa Elena. "Perché talvolta per chi ha bisogno d'aiuto è insopportabile essere aiutato." Le foto della mamma sono il ponte di corda sul burrone in cui ha rischiato di cadere nella sua ricerca di verità. Non ha più il coraggio di percorrerlo, ha paura di trovarsi su un lato sbagliato della storia, troppo difficile da affrontare.

Il professore le ha chiesto del padre e lei non ha risposto. Il professore non sa che da anni Elena non mette piede in casa dei genitori. Non lo sa neanche Fabio, non glielo ha detto. Ci ha pensato, ma non se l'è sentita di affrontare un argomento così complesso. Ha temuto di non riuscire a sopportare la sua semplificazione della realtà, i commenti superficiali a cui sarebbe giunto. È certa che lui avrebbe banalizzato. Prima di Fabio non aveva così paura della banalità. È strano. Elena usa il tempo trascorso con Fabio come linea di demarcazione tra prima e dopo. Lo fa inconsciamente, senza pensarci. Nelle due ere, il prima e il dopo, lei non è la stessa persona. Fabio non è la persona che ha cambiato la sua vita, non ha avuto importanza per ciò che ha fatto o detto. Non è la persona a cui si resta aggrappati per i bei ricordi, non è la perfezione, l'ideale raggiunto e perduto. Fabio è la delusione nel momento più fragile. È la luce che si è accesa all'improvviso sulla debolezza di Elena. La fragilità, che lei ha sempre cercato di nascondere a se stessa, le è apparsa d'un tratto insopportabile. Fabio ha illuminato la povertà della sua vita. "Solo un'infelice può innamorarsi perdutamente di ciò che non esiste, solo gli infelici possono inventarsi la felicità" pensa Elena.

«Ho un incubo ricorrente» racconta a Fabio in uno dei loro colloqui. «Assisto a una catastrofe in cui il mare si innalza e i palazzi crollano. Vedo degli uomini su una spiaggia che scavano sabbia a ritmo forsennato e tutto precipita, tutto sparisce nell'acqua nera.»

«Non mi piace chi fa allarmismo» dice lui interrompendola.

«Non sto facendo dell'allarmismo, ti sto spiegando il sogno che ultimamente mi assilla e che non so da dove arrivi.»

Mente. Elena sa benissimo da dove arrivano le immagini

di distruzione che scorrono nella sua testa quando si addormenta sola, quando al mattino riapre gli occhi in una stanza d'albergo che non riconosce.

«Nel sogno ci sei anche tu» aggiunge cercando il tono giusto per dissimulare il rammarico dopo la risposta di Fabio. «Mi pare che sia tu l'uomo al mio fianco, stringo forte la tua mano. Ho paura che tu possa scivolare via. Ho paura che tu possa sparire. Forse ho letto troppi saggi che parlano di sabbia...» conclude, aggiungendo una risata faticosa.

«E appunto, amoremio. Sono cose da leggere quelle? Alla gente piace fare allarmismo e poi si scopre che non è vero niente...»

«Ma non è la gente a scrivere queste cose. Si tratta di esperti, di persone che analizzano i dati. Non sono post su Facebook, sono ricerche...»

«Be', allora preferisco non sapere niente.»

«Davvero? Stai dicendo sul serio?»

«Certo. Se la situazione è grave perché non lo dicono? Aspettano te che lo scopri?»

Elena resta in silenzio. Non ha neanche più la forza di pensare. L'inerzia di Fabio è proprio il mostro che teme di più. L'indifferenza, che ritiene il suo primo nemico, adesso ha un corpo. Non può credere di aver sentito una cosa simile uscire dalla sua bocca. Non può essere il suo fidanzato a dire cose così.

«Stavi scherzando, vero?» gli chiede ridendo, cercando le parole meno offensive per fargli capire che non è d'accordo con lui.

«Amoremio, tu ti uccidi con tutti questi pensieri. Spaventi la gente e la gente ha già i problemi suoi. Sei bella, amoremio, perché dobbiamo rovinarci le serate?»

Il professore le ha chiesto del padre e lei non ha risposto. Si vergogna di suo padre, si vergogna dei suoi modi, del suo egoismo, del suo totale disinteresse per l'esistenza degli altri. Il pensiero le balena in mente quando Fabio è ancora in linea. È lontano, li dividono quattrocento chilometri.

«Hai ragione» gli dice. «Cercherò di non fare più inchieste. Potrei scrivere libri d'amore, con un lieto fine obbligatorio.»

Fabio ride. Dice qualcosa di confuso, sembra contento di averla messa al tappeto, di essere riuscito a darle filo da torcere.

Elena appoggia il telefono sul tavolo della cucina. Mette l'acqua nel bollitore e quando è calda la versa nelle due tazze da tè che tiene sempre sul vassoio. Due rivoli di fumo salgono e si intrecciano.

"L'errore è ostinarsi ad amare qualcuno, a qualunque costo" pensa chiudendo gli occhi.

31

"Non sono io a conservare il ricordo di mio fratello Luigi. È lui che conserva il ricordo di me" pensa Elena. A lei converrebbe dimenticarlo, dovrebbe dimenticarlo, ma non ci riesce. Se lo cancellasse, svanirebbe la sua infanzia.

Nel ricordo il sole splende, Elena e Luigi sono insieme su praterie di poseidonia, scalzi in riva al mare e poi nell'acqua, immersi tra piante dalle lunghe foglie verdi che producono ossigeno come una foresta tropicale, piante preziose aggrappate al fondale sabbioso.

La distesa di poseidonia è quasi scomparsa. Nel tempo la qualità dell'acqua è peggiorata e così queste piante si sono diradate, in alcuni tratti della costa sono addirittura sparite, anche a causa del traffico marittimo e dell'ancoraggio delle barche. A qualche chilometro dalla casa in cui ha abitato da piccola c'è però ancora una zona dove in autunno e in inverno le foglie si staccano dal fondale in massa e si depositano sulla riva. Sono queste foglie brune, odiate dai turisti, a difendere il litorale dalle mareggiate e dall'erosione che minaccia gli abitati, Elena lo sa da sempre.

Su quella spiaggia passeggia con Fabio. È il loro quarto incontro, una giornata di vento a metà giugno, un mercoledì. Le ha regalato dei fiori e lei li ha sistemati nel grande vaso blu dell'ingresso. Per un po' li ha conservati cambiando l'acqua in modo da farli durare, da renderli eterni.

Passeggiano su un lungo molo tra le spiagge, in silenzio, il vento trascina via le poche parole che riescono a dirsi. Il mare ha portato a riva foglie di poseidonia ancora verdi, le correnti le hanno avvolte in spire ed estirpate con forza dal suolo sottomarino. Ora sono sul bagnasciuga e loro le evitano, immergono i piedi nella sabbia, che si infila nel risvolto dei pantaloni e fa il solletico alle gambe.

Il vento è troppo forte, nebulizza l'acqua e rende l'aria densa, quasi irrespirabile. Allora si allontanano dalla riva, camminano in direzione della città, cercano un locale non affollato per prendere un caffè. Sotto un gazebo bianco c'è un bar con il dehors. Il tavolino ha davanti un dondolo con cuscini a fiori e frange cucite sui bordi. Fabio ci si siede sopra, lasciando a Elena la poltroncina di vimini.

«Amoremio, sono così felice di essere qui» dice togliendosi la giacca e iniziando a dondolare come un bambino.

«Lo sono anch'io.»

Lo osserva. È un po' abbronzato e i capelli sono più corti. Ha una camicia azzurra che fa risaltare il colore dei suoi occhi.

«Ti dispiace se non dormiamo a casa mia?» gli chiede tornando su un argomento di cui hanno già parlato al telefono.

«No. Non fa niente, amoremio. Per me va bene lo stesso. Ho prenotato a una trentina di chilometri. Ci abita un mio amico. Mi son fatto consigliare un posto bello. Dovevo prenotare io, giusto?»

«Giusto. Andare in albergo mi dà l'impressione di essere in vacanza. A casa, invece, non potrei dimenticarmi del lavoro...»

La cameriera è simpatica. Ha una lunga coda di cavallo che ondeggia al ritmo della sua andatura. Appoggia i caffè sul tavolino e si scusa per il vento che ha trascinato via i tovaglioli. Si lamenta del maltempo che danneggia il turismo. «La stagione stenta a partire...» dice scuotendo la testa e allacciandosi il grembiule che le pende su un fianco.

«E certo,» commenta Fabio senza smettere di dondolarsi «con quelle alghe schifose sulle spiagge non sarà facile che qualcuno arrivi qui...»

A Elena manca il respiro. Tiene gli occhi fissi sulla tazzina in cui ha versato per sbaglio due bustine di zucchero. Per un attimo ha l'impressione che uno sconosciuto abbia preso il posto di Fabio e stia parlando con la sua voce. Alza lo sguardo cercando i suoi occhi belli e inespressivi.

«Non sono alghe schifose,» gli dice sottovoce cercando di nascondere il disagio che la presenza della cameriera rende ancora più evidente «sono foglie di poseidonia. È una pianta che vive solo dove il mare è ancora pulito. Se non fossimo così sciocchi da rimuoverla, ci aiuterebbe a proteggerci dalla furia delle onde.»

«Può darsi» sbotta lui senza accorgersi di parlare a volume troppo alto e di attirare l'attenzione delle persone sedute ai tavoli vicini. «Può darsi, amoremio, ma al pensiero di mettere i piedi su qualcosa di viscido sto male.» Poi riprende a dondolarsi, con le braccia stese sui cuscini che ha dietro la schiena.

Elena ride. La spontaneità di Fabio ha qualcosa di commovente. Il suo modo di parlare, di costruire le frasi, di ragionare, le mostra l'abisso che li divide e in cui lei si è convinta di voler scendere.

«La poseidonia è uno scudo per l'ecosistema marino» insiste Elena mentre, sorridendo alla cameriera, si rivolge a Fabio come a un figlio da educare. «Sono proprio le sue foglie viscide come le chiami tu a proteggere le coste e quindi anche noi...»

«Amoremio, ma tu non puoi avere teorie su tutto, non puoi parlare come un'enciclopedia» replica, usando un tono canzonatorio e strizzando l'occhio alla cameriera in vistoso imbarazzo. «Ti devi rilassare. Non puoi mettere sotto esame ogni cosa. Hai una mente troppo analitica.»

Elena beve il caffè in silenzio, è troppo dolce, ma non è quello il problema più grosso. Per non incrociare gli occhi di Fabio, fissa lo sguardo sulla coda dondolante della cameriera che si è finalmente allontanata. Nel dehors del bar la temperatura è perfetta, il vento si è attenuato e le case, i giardini, il mare poco lontano sembrano bordati d'oro.

«Ti sei offesa, amoremio? Per la faccenda delle alghe, intendo...»

Lei vorrebbe ribadire che quelle che hanno visto sulla spiaggia non sono alghe, vorrebbe spiegargli che sono una riserva d'ossigeno e il più importante alleato per le città costiere che di anno in anno vedono aumentare il pericolo di allagamenti. Vorrebbe dirgli che occuparsi di quelle "alghe schifose e viscide" fa parte del suo mestiere di informare, di sottolineare i problemi per cui servono soluzioni urgenti prima che sia troppo tardi. Vorrebbe dirgli che se non capisce questo, forse hanno poco da dirsi, e presto arriveranno a non sopportarsi, perché il fastidio che lei sta provando cresce a dismisura, e non è verso di lui, ma verso se stessa, verso la propria idea ostinata di tenere in piedi la loro relazione. Invece gli tende la mano, gli accarezza la fronte, gli sistema i capelli che il vento ha scompigliato.

«Dove vuoi cenare, stasera?» gli chiede sottovoce.

«Non so. Dove vuoi tu, amoremio.»

Sul tavolino lasciano i soldi dei caffè e una mancia per la cameriera. Camminano verso l'auto. Il sole di giugno acceca e la luce rimbalza sull'acqua. "Non sono sola" pensa Elena, tenendo nella sua la mano di Fabio.

«È questa la spiaggia che frequenti quando sei qui?» le chiede, inserendo la retromarcia per uscire dal parcheggio.

«Ci vengo solo di sera, quando non c'è nessuno...»

Lui ride. Batte le mani sul volante come se avesse appena sentito lo sketch di un comico. «Amoremio, ma tu sei davvero pazza. Mi hanno detto che tutti gli scrittori sono pazzi. Non credevo anche i giornalisti... Però scrivono... ci sta.»

«Non credo che la pazzia sia un privilegio di chi scrive... Mi sembra che in giro ci sia ben di peggio.»

«Sì, ma voi intellettuali siete più a rischio. Mio padre l'ha sempre detto...»

«Tuo padre? E cosa ne sapeva tuo padre di chi scrive?»

«Niente. Ma aveva ragione.»

Fuori dal finestrino scorrono le montagne che su quel tratto di costa formano una cintura compatta ricoperta di alberi.

32

Nel giugno in cui il fratello muore, il loro gioco preferito è fare la battaglia con il sottomarino in una vasca d'acqua nell'orto. Elena e Luigi lo costruiscono con una bottiglia di plastica e un rametto al posto del periscopio. Il Gigetto, esperto di navi inglesi, le ha dato istruzioni precise, e così con le foglie più robuste costruiscono anche un vascello corsaro. Il sottomarino gli dà la caccia.

Dalla biblioteca della scuola Elena prende in prestito *Ventimila leghe sotto i mari*. Lo legge in pochi giorni e nei suoi sogni si trasforma nel capitano Nemo, un vendicatore di torti subiti, uno che non si arrende e alla resa preferisce la morte. Il Gigetto è il suo aiutante. Si aggira per le dune con i pantaloncini corti, le bretelle, le macchie di sugo sulla maglia. Nella vasca d'acqua che il padre usa per irrigare la verdura il sottomarino nuota silenzioso, senza essere visto. Dal vascello i corsari scendono per rubare i pomodori, ma il capitano vede tutto, osserva senza farsi notare, perlustra la collina con il grembiule di scuola addosso, non si vanta delle battaglie vinte e non ne parla a sproposito. Gli eroi del sottomarino tengono un basso profilo e hanno pochi amici fidati che agiscono solo al momento giusto.

«È la base del giornalismo investigativo» le ha detto

Marco ridendo quando in uno dei primi incontri Elena gli ha raccontato le sue avventure di bambina.

È iniziata in modo improbabile la loro storia. Marco è a Shanghai per un lavoro delicato. Elena lo incontra per caso in un ristorante dove ha portato i bambini a cui fa da babysitter dopo la scuola. La loro madre è una manager che di fatto è diventata la sua datrice di lavoro; ha un incarico in Cina per alcuni mesi, ma ha deciso di trasferirsi stabilmente per permettere ai figli di frequentare la scuola. Non rientra mai a casa prima di sera e non è facile intrattenere i bambini fino a quell'ora. Per questo, al pomeriggio, dopo i compiti, Elena li porta a prendere il gelato in un locale del centro frequentato da turisti o da stranieri che viaggiano per lavoro.

Il giorno del loro incontro Marco ha pranzato lì, è seduto su uno sgabello di fronte alla vetrina. Elena e i bambini sono a un tavolo a cui lui dà le spalle. I bambini fanno chiasso ed Elena li riprende perché abbassino la voce. Non riesce a sgridarli in inglese, le viene spontaneo l'italiano.

Marco si volta, i loro sguardi si incrociano. Le sorride e sussurra: «Buongiorno, italiana?». Si sono conosciuti così. Pochi minuti dopo Marco è seduto al loro tavolo. Ci poggia sopra una cartellina trasparente con dentro tanti fogli, il primo è una locandina scritta in cinese. Sono istruzioni di lavoro che una multinazionale ha distribuito ai dipendenti.

«Hanno una bella faccia tosta» dice Elena, senza riuscire a trattenersi.

«Chi?»

«Quelli che hanno scritto quel foglio.»

«Davvero lei sa leggere il cinese?» chiede Marco illuminandosi.

«Non benissimo. L'ho imparato facendo i compiti con i bambini. Ma i testi semplici come quello non sono un problema, riesco a tradurli.»

«Lei non ha idea del favore che può farmi traducendolo!

L'interprete che mi hanno affibbiato non mi sembra attendibile, specie quando si tratta di cose delicate come questa. Può scrivere il significato del testo su questo foglio? Però finga di scrivere delle note sui quaderni dei compiti. Non vorrei rischiare...»

«Ma allora sono una spia» sussurra Elena, iniziando a leggere la locandina.

Marco ride quando sente il termine "spia". È una parola che solo una bambina potrebbe usare in quel contesto.

«No, lei non è una spia, al massimo potremmo usare il termine "benedizione" oppure "fortuna". Se non le dispiace la chiamerei "regalo inatteso"» dice alla fine mentre infila gli appunti nello zaino, compreso il foglio che Elena ha piazzato in mezzo a un quaderno e gli ha passato con la scusa di mostrargli i disegni dei bambini. «E comunque le spie agiscono per interesse, invece lei, pensandoci bene, appartiene alla categoria "miracolo".»

Elena ride, ride senza riuscire a trattenersi. I bambini la fissano perplessi, non hanno capito una parola. Non sono abituati a vederla così. Anche le persone sedute agli altri tavoli non le staccano gli occhi di dosso. Sta dando spettacolo. Ride tenendo gli occhi bassi per nascondersi. Quando li alza incrocia quelli di Marco. È sorpreso. Non c'è un motivo che possa giustificare la sua risata sonora e inarrestabile. Ride anche lui, contagiato da qualcosa che somiglia alla follia. I bambini iniziano a saltare come se avessero ricevuto giocattoli nuovi. Ridono tutti, anche i clienti del locale, dapprima infastiditi per il chiasso. Marco ed Elena continuano a scambiarsi degli sguardi. Poi escono insieme dal ristorante mentre i bambini saltellano come elfi colorati.

Elena non si è mai innamorata tanto. Si innamora di Marco, del suo lavoro. Si innamora del pezzetto di carta su cui le scrive il suo numero di telefono. Marco è la persona che stima di più al mondo, Marco è l'esatto contrario di suo padre.

Lo ama anche il giorno in cui lo lascia. È in auto, in coda a un semaforo.

«Ci vediamo tra una settimana?» le chiede al telefono da Freetown, la città africana da cui partirà per esplorare le aree del coltan, la sabbia nera necessaria a fabbricare gli smartphone.

«No.»

Marco resta in silenzio. È la prima volta che Elena pronuncia un "no" così diretto.

«Vuoi che ci vediamo la prossima settimana?» le domanda riformulando la frase.

«No.»

Mancano due mesi all'incontro con Fabio, ed Elena esce da un gioco che non sa più giocare, che non capisce più.

Elena conosce Freetown piuttosto bene. La prima volta sono atterrati là insieme, lui diretto in un'area industriale, lei in cerca di conferme su trafficanti di sabbia che hanno fatto sparire intere spiagge.

Ci è poi tornata una seconda volta. Non può dimenticare quel viaggio.

Il sole splende sulla vegetazione rigogliosa che declina fino a lambire l'oceano. La sabbia luccica quando le onde la ricoprono con un velo d'acqua.

Non può dimenticare quell'inferno così simile al paradiso.

La sua guida ha il compito di accompagnarla nel punto esatto da cui potrà vedere senza essere vista. Là le palme svettano nel cielo blu e i cespugli sono coperti di fiori. Non sembra lo scenario credibile per un'inchiesta. Forse stavolta ha scelto male le sue fonti. La bellezza del posto non è coerente con il disastro che le hanno raccontato.

Eppure è iniziato proprio con quel viaggio il suo incubo notturno. È là che ha visto all'opera il nemico di sempre: l'ignoranza che diventa affarismo.

Si siede su un tronco d'albero tagliato, sopra una lingua di terra nascosta da un boschetto. Dietro le cime delle piante emergono i tetti di alcune case. Il villaggio è stato costruito senza rispettare la distanza di sicurezza dal mare. Molte abitazioni sorgono a pochi metri dalla riva.

La guida è in piedi e con un binocolo scruta il fondo della strada da cui sono arrivati. I minuti passano lenti. Elena ha una microtelecamera montata sulla fibbia dello zaino. Le hanno detto che è pericoloso usarne una troppo visibile e sarebbe altrettanto un rischio registrare le immagini con il telefono. Nessuno è ancora riuscito a portare a casa un filmato girato in quelle zone. I trafficanti sono sospettosi e pagano i bambini per scippare cellulari e macchine fotografiche dalle mani dei turisti che si spingono fin lì. Per questo è entrata nel Paese con una copertura: ha un foglio rilasciato da un'associazione di volontariato su cui c'è scritto che lei è un medico impegnato nella lotta contro Ebola.

Fa molto caldo. Elena è in un paradiso terrestre dai colori sfolgoranti. Le sue fonti le hanno descritto l'inferno, ma forse ha fatto un viaggio a vuoto.

Al passare dei minuti l'attesa diventa insopportabile. L'umidità le toglie il fiato. Non è l'afa a farla star male. Sta tornando il malessere con cui ha convissuto prima di incontrare Marco.

"La felicità è un'anestesia temporanea" dice a se stessa, seguendo con lo sguardo la linea che le palme verdissime disegnano lungo il mare. Da qualche mese è tornata l'ansia.

Il suo accompagnatore le dà le spalle e non stacca gli occhi dal binocolo. Le pare che il tempo non scorra in modo lineare, ma si arrotoli su stesso in spirali concentriche. A un tratto la guida alza una mano e poi la riabbassa come se stesse per dare il via a una corsa. Una nuvola spunta sopra gli alberi, è polvere che si alza dallo sterrato lungo cui stanno arrivando cinque camion. Si fermano in riva al mare e alcuni uomini dalla pelle scurissima scendono con in mano grosse pale.

Lo spettacolo dura mezz'ora. Gli pneumatici segnano la spiaggia di cicatrici. "È tutto vero" ripete Elena a se stessa quando li vede spuntare dietro gli alberi come predatori affamati. "È tutto vero."

La telecamera si inceppa. Deve essere il suo cuore ad averla mandata in tilt battendo all'impazzata. Sta sudando per il caldo e la paura. Le è tornata la paura che ha già provato una volta da bambina, una specie ben precisa di paura, quella vissuta una domenica mattina, il giorno in cui ha rischiato di essere travolta dalle ruspe che hanno spazzato via le dune intorno a casa.

Preme di nuovo il bottone che comanda la telecamera. Forse è guasta. Riprova più volte ad azionarla e finalmente la registrazione parte.

Gli uomini sulla spiaggia sono una decina. Sembrano automi e scavano a velocità accelerata. Il sole cocente ha su di lei l'effetto di una lama, ma pare che loro non lo sentano. Si muovono al di sopra delle leggi che piegano gli esseri umani.

Scavano senza guardarsi in faccia. La precisione con cui si muovono senza intralciarsi, spartendosi le porzioni di terreno su cui affondano le pale, li fa somigliare a robot che hanno inghiottito schede elettroniche programmate.

La velocità con cui rubano sabbia buttandola con colpi ben calibrati nei cassoni dei camion è la misura della catena di montaggio da cui uscirà un prodotto mostruoso, un vuoto, una voragine al centro esatto del paradiso.

Scavano senza pensare, senza capire ciò che fanno. In pochi minuti la spiaggia è divorata, il mare invade la costa, raggiunge gli alberi. La sabbia depredata servirà a costruire case sulla riva di un altro mare. È un paradiso che muore lì sotto i suoi occhi, un incubo travestito da sogno. Le onde hanno tentacoli bianchi e rosicchiano la linea di separazione tra terra e oceano.

La telecamera riprende le immagini che poi Elena analizzerà infinite volte in sala di montaggio. Le rivede di notte quando il ricordo arriva all'improvviso e gli uomini che scavano la spiaggia si trasformano. La loro faccia, il viso di tutti loro, è lo stesso: quello di suo padre.

Suda e le lacrime le offuscano la vista. Le manca l'aria mentre i camion si allontanano carichi di sabbia e di sventura.

"È tutto finito, è tutto finito..." ripete a se stessa ripensando a quel giorno, mentre Marco al telefono non ha smesso di insistere.

«Ci vediamo la settimana prossima?» le chiede. Il semaforo è rosso. Elena guarda di fronte a sé e rivede la spiaggia di Freetown due mesi dopo il furto di sabbia. Il mare che si insinua tra la vegetazione raggiunge le case, abbatte i muri e li sbriciola. Sente le urla delle persone che corrono in strada, forse sono gli stessi ladri di sabbia o chi li ha coperti con l'omertà. Davanti a lei, nei suoi pensieri, c'è anche lo scheletro della spiaggia di Malika vicino a Dakar, ci sono le pietraie su cui prima si stendevano le morbide sabbie del Marocco. Vede il mare che ricopre ciò che un giorno fu la bianchissima spiaggia di Coral in Giamaica, spogliata e poi portata via con camion caricati fino all'orlo per cinquecento viaggi.

Quando il semaforo diventa verde, le auto in colonna dietro alla sua suonano il clacson. Elena ascolta il silenzio di Marco che incassa il suo rifiuto. Lui non chiude la telefonata. Attende che tutto l'amore vissuto possa all'improvviso tornare, come sabbia che si allontana dalla riva per un tempo breve e poi scivola di nuovo indietro, verso ciò a cui appartiene.

I clacson continuano a suonare e lei tiene le mani sul volante. Basterebbe un colpo di acceleratore per andare avanti e invece l'auto è immobile in mezzo alla strada e blocca il traffico. La sabbia rubata è in viaggio verso le megalopoli del mondo, affamate di cemento e vetro, mentre lei è ferma a un semaforo che è già tornato rosso.

«Signorina,» grida l'uomo di là del finestrino «si sente male?»

Si volta verso di lui. Il tizio ha i denti gialli. Le lacrime le scivolano sul bavero del soprabito, come da bambina, quando, alla cava, suo padre le urlava contro e lei restava zitta.

33

La stanza non è più grande di tre metri per quattro. Al centro c'è un grande letto, un mobile basso è poggiato alla parete opposta all'ingresso e una porta bianca dà su un piccolo bagno ricoperto di piastrelle blu. Una finestra si affaccia sul giardino, ma la chioma dei pini marittimi oscura la vista del mare.

All'ingresso della villetta B&B Fabio scambia battute spiritose con la signora della reception, poi salendo per le scale canticchia una canzone ascoltata poco prima alla radio. Appoggia al muro il trolley di Elena e, tenendo in equilibrio uno zaino sulla spalla, apre la porta.

«Eccoci qua, amoremio. Adesso cerchiamo di abbassare la temperatura in questa serra.»

È il loro quarto incontro.

Fabio prova ad accendere l'aria condizionata allungando un braccio verso il soffitto. Manovra il telecomando finché l'apparecchio non si mette in moto.

«Scendo un attimo» dice. Torna poco dopo con una sacca da cui tira fuori un completo blu. Lo appende a un attaccapanni d'acciaio e si butta di traverso sul letto.

«Amoremio, alla cena abbiamo detto che ci hai pensato tu?»

«Sì, ci ho pensato io.»

Elena lo osserva mentre si siede contro la testiera del letto con un cuscino dietro la schiena. Si allunga verso di lei. La cattura in un abbraccio che le toglie il fiato e poi la bacia sul collo riprendendo a canticchiare una canzone che Elena non ha mai sentito prima.

«Amoremio, non lasciarmi» le dice accarezzandole i capelli.

Elena ricambia l'abbraccio ma non riesce a dire una parola.

«Amoremio, tu mi hai salvato. Hai fatto per me più di tutti gli altri» aggiunge cingendole le spalle e allontanandola da sé per guardarla negli occhi. Le sorride e con una mano le carezza una guancia. Avvicina le labbra e la bacia in un modo che a Elena pare disperato e infantile.

All'improvviso Fabio salta giù dal letto. «Amoremio, dobbiamo andare!» dice guardando l'orologio e continuando a sbaciucchiarla sulla testa.

Subito dopo si toglie la camicia e la lancia sulla poltrona. Poi entra in bagno e dopo un attimo l'acqua scorre nella doccia.

Elena resta seduta sul bordo del letto. Si guarda intorno. La stanza ha qualcosa di familiare. Sul piano di legno dove è poggiata la tv c'è un vassoio con una teiera e due tazze.

Alla cena manca mezz'ora, l'ha prenotata lei scegliendo un ristorante nel centro storico di un paesino dell'entroterra. Sull'orologio a cristalli liquidi sopra lo schermo i minuti passano in fretta, allora si alza, apre il trolley e sistema sulla coperta la biancheria che le serve per cambiarsi. «Sono felice?» sussurra, fissando il movimento delle sue labbra nello specchio di fronte. «È la domanda più stupida da farsi» le aveva detto Marco il giorno in cui lei aveva ritirato un premio per un reportage e si era lamentata di non aver provato la gioia che si era immaginata. «Felicità e perfezione sono davvero due parole inutili.»

Fabio esce dal bagno avvolto in un accappatoio bianco. La stanza è invasa dal vapore che sa di bagnoschiuma alla vaniglia.

«Sembro una meringa. Non ti pare?»

Elena sorride e risponde al suo bacio.

«Fai presto a cambiarti» le dice. «Non dobbiamo sprecare neanche un minuto di questa serata.» Poi si volta, lascia cadere a terra l'accappatoio e si infila i pantaloni saltellando da un piede all'altro.

«Ecco qua,» esclama piazzandosi davanti allo specchio «non si era mai visto niente di più bello da queste parti...»

«Sei bello, difatti» replica Elena. «Vanitoso come una scimmia, ma bello.»

«Ti do dieci minuti!» dice lui ridendo, mentre la spinge verso la porta del bagno.

Quando salgono in auto, Elena lo bacia ripetutamente su una guancia.

«Come mai tutta questa dolcezza in un soldato?» le sussurra Fabio in un orecchio. «Non hai paura che sia troppo?» aggiunge mentre lei continua a sbaciucchiarlo. «Fammi impostare il navigatore, altrimenti finisce che ci perdiamo.» Poi mette in moto, tenendo un gomito poggiato fuori dal finestrino abbassato.

«È troppo piccola quella stanza» le dice mentre sta guidando e lei ha la testa appoggiata sulla sua spalla. «È troppo piccola... Mi sono fidato di un amico, mi ha detto che il posto era carino. È solo per questo che ho prenotato lì, altrimenti ti avrei portata in una suite dell'Hilton.»

«Non importa, la stanza è grande abbastanza per quello che dobbiamo farci tu e io.»

Fabio si volta verso di lei, sembra non credere a ciò che ha sentito. Poi ride e alza il volume della radio.

La serata è tiepida. Parcheggiano e mano nella mano percorrono la zona pedonale verso il ristorante. Si riflettono nelle vetrine dei negozi chiusi. «Siamo perfetti» dice Fabio specchiandosi e stringendola al suo fianco. «Siamo perfetti.»

Elena ha prenotato un tavolo all'aperto nel dehors del ristorante. Mentre il cameriere li accompagna, lei sente di avere gli occhi di tutti i presenti addosso. Le persone li osservano, e lei stringe la mano di Fabio con orgoglio. Il tavolo è sul ciglio della strada, sotto un ombrellone bianco. Al centro del piano in vetro brilla una candela a forma di fiore.

Fabio si siede di fronte a lei, liscia il bavero della giacca che sembra gli sia stata cucita addosso e si sistema il ciuffo di capelli sceso sulla fronte. Ordinano scorrendo il menu in fretta. Uova con verdure per Elena e carne ai ferri per lui. Mentre si industria a tagliare la sua pietanza, Fabio le racconta la sua vita. Entra nei dettagli. Le parla di persone mai nominate come se Elena le conoscesse, si perde in aneddoti che lascia a metà, apre parentesi per aggiungere particolari nuovi che sembra scoprire lui stesso in quel momento. È ansioso di dirle tutto. Sembra ostinato a metterla di fronte a quelli che lui chiama "i miei disastri", per tastare il terreno, per capire se lei sia disposta ad accettarli e quindi possa non lamentarsene in seguito.

«Mi hanno sempre criticato» dice a un certo punto.

«Ma chi?»

«Tutti. Tu sei l'unica che non l'ha fatto. Mi hai salvato, amoremio.»

Lo osserva mentre appoggia le posate nel piatto e si sistema il colletto della camicia sotto la giacca. Il suo tentativo di essere un bambino diligente ha su di lei un potere di attrazione che la sorprende.

Poi Fabio abbassa gli occhi, è un attimo, ma Elena sa che se lo ricorderà per sempre.

Quando rialza lo sguardo, sembra un'altra persona. Pare che abbia attraversato il mondo intero per arrivare lì da lei, propensa ad accettarlo com'è, con tutti i suoi difetti, le sue crisi, quelle sue maniere infantili che hanno il potere di disarmarla.

«Comunque non volevo metterti tristezza» dice Fabio tentando di sorridere.

«Non mi hai messo tristezza. Stavo solo cercando di capire come tu possa esserti lasciato influenzare...»

«Da cosa?»

«Dalle critiche, dal fatto di non essere accettato... In realtà ho l'impressione che tu non abbia accettato te stesso, senza motivo, peraltro...»

«Senza motivo...» sorride lui facendo una smorfia e passandosi le mani sulla faccia. «Senza motivo...»

«Voglio dire: non mi pare che tu sia così male. Non vedo la ragione per cui tu debba vivere come se fossi sull'orlo di un fallimento continuo...»

Scoppia a ridere e continua a stropicciarsi gli occhi. «Non sull'orlo...» dice «proprio dentro.»

«Ma insomma, Fabio, ma ti pare possibile? Sei carino, simpatico. Puoi fare ciò che vuoi...»

Fabio si fa serio. Allunga la mano e la appoggia su quella di lei.

«I miei genitori mi hanno sempre detto che avrei fallito,» sussurra, e poi soffia sulla fiammella della candela in mezzo al tavolo che si spegne «e hanno sempre dato ragione a mia moglie, la manipolatrice. Se n'è andata con uno che ha tanti soldi. La chiamo "Circe" come la maga.»

«Non voglio che mi parli di queste cose. Non sei obbligato a farlo, se ti fanno stare male.»

«Non mi fanno stare male. Voglio che tu sappia tutto. C'è stato un periodo in cui ho sperato di andare a finire sotto un camion attraversando la strada.»

«Non voglio più sentirti dire certe cose!»

«Scusami, amoremio, ma ormai...»

«Ormai che?»

«Ormai la vita è andata come è andata.»

«E cosa vuol dire?»

«Vuol dire che tante cose non si possono più fare...»

«Fabio, ti prego, ma chi ti ha messo in testa certe assurdità?»

Tace. È bellissimo nel suo completo blu.

«Perché non sai l'inglese?» chiede Elena, senza riuscire a fermarsi in tempo.

Fabio fissa di nuovo la candela spenta che si è consumata nel vasetto di vetro, dove la cera si è sciolta scavando un cratere liquido e lucente.

«Non l'ho studiato.»

«E perché?»

«Perché dovevo lavorare.»

«Ci sono tante persone che studiano l'inglese nel tempo libero, insomma, che trovano il modo di farlo anche se lavorano...»

«Gli altri... quali altri?» chiede stavolta indispettito.

«Va bene, lasciamo perdere» dice Elena infilzando con la forchetta l'ultimo pezzo di verdura che ha nel piatto. «Non so perché ci siamo cacciati in un discorso simile.»

Ordinano il caffè.

«Amoremio, grazie della cena» le dice accarezzandole la mano. Pare di nuovo sereno, quasi allegro.

Quando tornano al B&B è tardi. Salgono in camera cercando di non far rumore. La stanza è al primo piano mentre al pianterreno c'è un salone. A Elena sembra di entrare a casa, in una loro casa, in una vita tutta loro. Accende la luce della stanza e sul polso abbronzato il quadrifoglio del suo braccialetto brilla.

Si abbracciano e ridono, ridono mentre Fabio la spoglia, mentre la accarezza e le dice che non potrebbe essere più felice. Hanno una notte intera, l'inizio di una esistenza insieme. Elena non ne dubita. È come se ogni ponte con la sua vita precedente fosse crollato. Non tornerà indietro, non può più. La bacia e lei è sicura di sé, del loro futuro. La bacia e lei non ha più paura del giorno dopo.

Elena sogna e nel sogno guarda avanti. Vede una strada bianca, e c'è qualcun altro che le cammina al fianco.

«Quando diremo a tutti che stiamo insieme?»

Fabio glielo chiede a colazione, nel patio della casa. Ci sono tre tavoli. Solo il loro è ancora apparecchiato. La padrona di casa li accoglie con un «Buongiorno» secco. Sono scesi due ore dopo l'orario previsto per il check out. Serve loro il caffè senza dire una parola.

«Hai visto come ci guarda di traverso?» sussurra Elena a Fabio.

Lui sgranocchia una fetta biscottata che ha imburrato con grande cura. «Per forza,» le risponde «siamo in ritardo di due ore.»

«In ritardo per cosa?»

«Liberare la stanza. Dovevamo uscire due ore fa.»

Elena resta immobile a fissarlo, mentre lui aggiunge marmellata sul pezzo di fetta biscottata che ha nel piatto.

«Stai scherzando?»

«No, per niente.»

Elena beve il caffè senza alzare gli occhi dalla tovaglia. La signora è tornata nel patio e ripone un vassoio di biscotti in una credenza addossata al muro, poi si allontana e li lascia soli nel piccolo giardino dove il caldo umido è opprimente.

«Quando diremo a tutti che stiamo insieme?» chiede di nuovo Fabio accarezzandole il viso e alzandosi. Si dirige verso la credenza, la apre, tira fuori il vassoio. Elena lo osserva mentre torna al tavolo con un biscotto tra i denti. A quel punto si alza anche lei, raccoglie il suo tovagliolo che è caduto e lo riappoggia sul tavolo.

«Dove vai?» chiede Fabio mentre lei si avvia verso la stanza.

«Perché non me l'hai detto che dovevamo lasciare la stanza due ore fa?»

«Perché non mi sembrava importante.»

In camera il trolley di Elena è già pronto. Scende la scala trascinandoselo appresso. In reception la signora è seduta alla scrivania, lei la saluta e quella risponde con una gentilezza che contraddice lo sguardo.

Elena attende Fabio in strada, non lo guarda in faccia quando arriva. Appena lui apre l'auto, carica il suo bagaglio e sale. «Perché non me l'hai detto?» ripete sbattendo lo sportello.

«Amoremio, tu ti fai troppi problemi» dice raggiungendola. La bacia sulla fronte e poi le preme un dito sulla punta del naso. «Troppi problemi, amoremio.»

34

Sul telefono ha una chiamata della redazione e una di Cesare, forse troppe per far finta di non averle viste.

Il servizio deve andare in onda tra quindici giorni. Hanno già fissato la data.

Manca l'ultimo pezzo, deve ancora montare i minuti che ha girato in Italia. Se contasse il tempo passato alla consolle per scegliere le immagini, scoprirebbe che i sei minuti finali sono lunghi un anno. Da un anno fa e disfa, da un anno pensa e ripensa se è davvero il caso di andare fino in fondo.

Il professore conosce suo padre, Elena ne è certa. Hanno più o meno la stessa età e sono nati nella stessa cittadina; quando ci vivevano, aveva un decimo degli abitanti, dunque è impossibile che non sia al corrente delle sue attività. Elena non è sicura che il professore abbia trovato una connessione tra loro, ma l'idea di essere sotto osservazione la agita. Non gli ha detto di aver già fatto le riprese nella cava, non avrebbe aggiunto niente al loro discorso.

«Quando consegnerai il video?» chiede Cesare al telefono. «Vorremmo vedere il servizio completo. La prima parte è ottima.»

«Dammi ancora qualche giorno.»

«Va bene. Ma accelera, se puoi. Vorrei esaminare l'ultimo

pezzo con gli avvocati. Quando si ipotizzano collusioni con la politica è sempre meglio andarci cauti. Preferirei concludere presto la fase di valutazione e non arrivare a ridosso della messa in onda.»

Cesare non conosce i contenuti nel dettaglio. Elena gli ha spiegato i passaggi di denaro tra società che vengono usate come scatole cinesi, ma non gli ha ancora detto tutto. Ci ha lavorato senza parlarne con nessuno. Ne è al corrente solo Giuliano, l'operatore che ha girato i filmati con la telecamera nascosta nei luoghi dove Elena non sarebbe mai potuta entrare: nella cava del padre, per esempio.

«Bisogna filmare i camion» dice a Giuliano. «Sono convinta che usino i mezzi parcheggiati nella cava per andare a rubare la sabbia a quasi mille chilometri da qua. Forse cambiano le targhe.»

Escono dalla città su due auto separate e si avvicinano alla zona della cava. L'operatore non conosce il territorio e quindi lei deve fargli da guida dove il navigatore non è d'aiuto. Anche Elena fatica a orientarsi. È tutto così diverso rispetto al tempo in cui ci ha vissuto. Attraversa un paesaggio che riconosce a malapena. Non arriva così vicino a casa sua da tanti anni.

Lungo la strada ci sono ville e capannoni che sembrano disegnati da un bambino, parallelepipedi con sopra coperchi di tegole dai colori più disparati. Elena ripensa ai due alberelli di tiglio che ha piantato sulla collinetta. Ricorda il pomeriggio in cui li ha sistemati nel terreno, la lastra di marmo bianco che ricopre la tomba di Luigi. Gli ultimi fiori glieli ha portati la mattina in cui è partita. Quel giorno anche il Gigetto l'ha abbandonata. Non se l'è sentita di seguirla. Fino a quando è rimasta nella sua vecchia casa l'ha sentito vicino, perché anche a diciott'anni si ha bisogno di un amico immaginario se si è soli. La voglia di giocare con la vita è scomparsa con lui.

Ora Elena sta per arrivare dove tutto è iniziato. Imbocca la strada che la riporta sulla costa, mentre Giuliano varca l'ingresso della cava.

Due operai gli vanno incontro con la pala in mano e lui dice ciò che Elena gli ha suggerito: «Mi servono due sacchi di sabbia per riparare il muretto di casa».

Gli operai vanno a prendere i sacchi nel magazzino. Ne ha chiesti due da 25 chili, in modo che entrambi siano costretti ad allontanarsi dal piazzale per andarli a recuperare.

I camion e le ruspe forse sono parcheggiati sotto una tettoia. Elena ha di quel posto un ricordo datato, ma conoscendo suo padre ci sono alte probabilità che all'interno della cava tutto sia rimasto com'era. Non c'è più sabbia da scavare su quel lotto di terreno, solo pietrisco. Lo sa dalle sue fonti. A Giuliano non ha spiegato il motivo per cui, contrariamente al solito, non lo ha seguito nel luogo delle riprese. Lui non ha fatto domande perché hanno imparato a fidarsi l'uno dell'altra. Non sospetta nulla, Elena lo capisce dalla descrizione che le fa al telefono di «...un uomo anziano che è spuntato all'improvviso sul piazzale: alto, grossolano, con i capelli radi e i denti gialli per la nicotina». In quelle parole riconosce suo padre.

«Aveva i pantaloni macchiati» dice Giuliano «e un grosso livido sulla fronte. Mi ha cacciato via in malo modo e solo quando ha capito che ero un cliente si è avvicinato per prendere i soldi. Ha uno sguardo strano. Sembra un pugile suonato.»

«Sei riuscito a riprendere i numeri delle targhe dei camion?»

«Sì.»

«Va bene. Allora vieni a casa mia così controlliamo se corrispondono a quelli delle immagini che abbiamo già.»

«Nelle carte del tribunale sono menzionate le targhe dei mezzi?» le chiede.

«No.»

Quando Giuliano arriva, sul tavolo della cucina ci sono due tazze di tè fumanti. La ringrazia non sapendo che ne prepara sempre due anche se è sola. Elena ha appoggiato sul piano anche le copie delle carte processuali. Non emergono legami tra la cava e la società mafiosa coinvolta nell'indagine sul cemento depotenziato. Non compare il nome di suo padre. Gli inquirenti non sono riusciti a collegare le attività dell'arrestato con lui, ma lei sa che di fatto erano soci. L'arrestato è uno dei due uomini che giravano per casa dopo la morte del fratello. Aveva testimoniato a favore di suo padre quando Luigi era morto.

«Vendere sabbia marina non lavata alle imprese edili» dice a Giuliano mentre lui scarica il video sul computer «non è un crimine commesso nel presente, è un crimine nel futuro, quando ci saranno i crolli e morirà della gente.»

L'operatore beve il suo tè senza aspettare che si raffreddi e si scotta la lingua. «Vedi?» replica ridendo. «Io non sono imparentato con il diavolo come questa gentaglia che vive all'inferno... Ma che razza di vita fanno avendo sulla coscienza certe cose?»

«Non lo so,» dice Elena sedendosi davanti al monitor «non lo so...»

Giuliano fa partire il primo filmato. Sulla spiaggia ci sono tanti uomini con le pale. Di giorno lavorano regolarmente. Hanno vinto un appalto per rimuovere le alghe, che più probabilmente sono foglie di poseidonia. Di notte, invece, scavano sabbia e riempiono i vuoti con la terra. La sabbia viene caricata su grossi camion che nel giro di pochi minuti lasciano la zona e raggiungono il porto dove la sabbia svanirà definitivamente a bordo di navi mercantili. Forse servirà per costruire nuovi mondi sospesi sull'acqua, come le isole a forma di palma di Dubai, le terre artificiali di Hong Kong, o verrà usata per nuovi edifici in zone che saranno rase al suolo al primo terremoto, nonostante sulla carta sia garantito il rispetto di criteri antisismici.

«Crimini differiti nel tempo» dice Elena. «Basta aspettare...»

Giuliano inforca gli occhiali e si avvicina allo schermo. Le targhe dei camion che ha filmato alla cava sono poco visibili, prova a ingrandirle per confrontarle con quelle di altre immagini girate in precedenza. L'operazione è complicata perché i numeri non sono a fuoco. Giuliano si contorce sulla sedia e ogni tanto tira fuori una parolaccia, mentre Elena pensa che, proprio oggi, sono sei mesi che Fabio l'ha lasciata. O forse a lasciarlo è stata lei.

35

Dopo il quarto incontro Elena è pazza di Fabio. Vuole essere pazza di Fabio. Vuole cucirsi addosso la loro storia come un abito che non la lascia respirare e la fascia al punto che non ne vede più le pieghe. È pazza di Fabio e aspetta i suoi messaggi che non arrivano.

Nel suo studio, al buio, Elena salva il file del video. Ha montato le immagini dell'inchiesta ma non ha più la rabbia necessaria per pronunciare la parola "soddisfazione". Si sente come un insetto che, rimasto con le zampe impigliate in una sostanza collosa, ha lottato fino allo stremo e ora si lascia andare a un destino su cui non ha più il controllo. Ha attraversato le sabbie mobili per terminare la sua inchiesta e la fatica dello sforzo, per la prima volta nella sua carriera, non produce entusiasmo ma alimenta la sua debolezza.

Elena ripensa alla cena con Fabio, a loro in auto che si tengono per mano, a loro che prendono un caffè sul lungomare e poi restano abbracciati alla stazione in attesa del treno, convinti di avere un domani quando tutto è già finito.

Tra il quarto incontro e il quinto passa un mese, un mese di malintesi, di silenzi.

Elena esce di casa solo per fare la spesa. Ci sono giorni in cui non esce affatto. Le crisi di Fabio contagiano il loro rapporto. "È il capolinea di una storia che muore" pensa Elena, non volendo ancora ammettere che, per quel viaggio insieme, lei non è mai partita.

«I figli di genitori ipercritici e giudicanti non accettano la propria imperfezione, la vivono con vergogna, la fanno scontare agli altri. Io e te siamo così, Fabio, abbiamo interessi diversi, vite diverse, pensieri diversi. Ma abbiamo la stessa identica paura di non essere all'altezza.» Glielo dice nell'ultima telefonata e per aggravare la situazione aggiunge: «So che presto ti troverò insopportabile. Lo penso davvero, ne sono certa. Non sopporterò la tua presenza proprio come ora soffro per la tua assenza».

Dopo quella telefonata piange. Marco le ha sempre detto: «Non sei capace di piangere, non è una cosa che ti riesce bene». In ogni caso, piange. Per mezz'ora pesca fazzoletti al mentolo da una scatola di cartoncino verde, poi nello specchio del bagno sorride a se stessa svitando il tubetto del dentifricio. «Ho fatto bene, non avrei potuto far meglio» dice ad alta voce mentre una lacrima cade sullo spazzolino.

Non scrive a Fabio per una settimana. Anzi, gli scrive e cancella. Compone messaggi lunghi, dettagliati. Descrive con minuzia i propri sentimenti come se li stesse osservando al microscopio, poi lascia i messaggi sullo schermo del telefono senza premere invio, rileggendoli, modificandoli, tagliandoli e infine eliminandoli del tutto.

"Nelle nostre differenze, Fabio e io siamo uguali" pensa Elena. "E non si cambia. Nel profondo nessuno cambia mai, moriamo identici a come nasciamo."

Dopo una settimana dal loro ultimo bacio alla stazione, prova verso Fabio una rabbia che confina con la necessità di farsi del male. E intanto non smette di controllare il cellulare. Vuole telefonargli per lasciarlo, vuole sfogare su di lui tutto il rancore che ha contro se stessa, come se la crudeltà le appartenesse, come se essere crudele servisse a stare meglio. Sullo sgabello della cucina Elena passa lunghi minuti a fissare il timer del forno. Adesso vorrebbe trattenere Fabio, non vuole perderlo.

Sono dieci giorni che non si vedono. Li conta sul calendario una mattina. Poi si prepara per andare alla spiaggia. Indossa un prendisole giallo catarifrangente e un paio di occhiali scuri che forse sono troppo scuri dato che all'ombra è costretta a toglierli per vederci. Nella borsa mette alcuni libri comprati in edicola, fatti apposta per essere bagnati dalle onde e sporcati dalla sabbia senza suscitare rimpianti. Nella lettura spera di annegare i pensieri più molesti.

Scende le scale di casa. È debole, sente addosso una specie di febbre. Raggiunge la spiaggia mettendoci il doppio del tempo. Dal lungomare osserva le persone che ridono, chiacchierano, si vogliono bene. "Sono tutti amati e hanno qualcuno da amare" pensa Elena. "Solo una disperata come me potrebbe arrivare a un pensiero simile. Solo una disperata potrebbe credere veritiera la felicità degli altri."

Dopo neanche un'ora passata in spiaggia, senza aver capito niente delle poche pagine che è riuscita a leggere, riprende la strada di casa. Sale le scale a fatica. Si mette a letto e si addormenta. Nel sonno rivede Luigi che le va incontro. Lo rivede com'era quell'estate, forse più piccolo, un bambino gracile con occhi brillanti. La chiama da una finestra. Si affaccia al primo piano della loro vecchia casa. Lei vorrebbe rispondergli ma la voce non esce. Gli tende la mano e lui allunga il braccio per toccarla, si sporge, stanno per sfiorarsi, quando all'improvviso lui precipita e, invece di cadere a terra, svanisce.

Elena si alza con il mal di testa. Non pensa a Fabio mentre fa colazione, e non pensa a lui mentre si veste, mentre progetta la giornata. "L'ho dimenticato" dice a se stessa. "Sto bene." Il pensiero di Fabio le sembra lontano, un'eco che si perde. Non è mai esistito. Vorrebbe urlarlo ad alta voce, mentre rigira con il cucchiaio un bicchiere di latte in cui le è caduto un biscotto.

«Non è mai esistito» ripete appoggiando il telefono sulla scrivania dello studio.

È in camera da letto e sta per infilare un braccio in una camicia blu melanzana quando avverte il suono di un messaggio. Continua a vestirsi con calma, con più calma del solito, poi va in cucina a preparare un caffè. È una trappola. Fingere di non sentire e non vedere è solo un trucco per controllare l'ansia. Ultimamente costruisce grandiose trappole per autoingannarsi, per simulare sentimenti diversi da quelli che prova. Non è solo una cosa stupida, sta prendendo in considerazione di essere pazza. Fingendo indifferenza cammina verso lo studio, agguanta il telefono, conta fino a tre: sul display c'è un messaggio di Fabio. Il cuore accelera, ha uno scarto, sembra un vuoto d'aria su un aereo che poche settimane prima avrebbe definito solido, affidabile per un lungo viaggio. Riappoggia il cellulare sulla scrivania a faccia in giù e va in bagno a mettersi il rossetto. Poi infila le scarpe, esce sul pianerottolo e chiude la porta. Per qualche istante resta a fissare la serratura. Poi gira di nuovo la chiave, percorre il corridoio e punta dritto sullo studio. Mette il telefono in tasca, richiude la porta, scende le scale, sale in auto. «Leggerò più tardi. Scriverò più tardi» dice ad alta voce mentre mette in moto.

Guida senza meta per un chilometro, poi accosta, affianca una colonna di auto parcheggiate in doppia fila. Dalla borsa prende il cellulare. Chiude gli occhi, conta fino a tre e legge: "Buongiorno tesoro. Mi sono preso del tempo per scollegarmi dal mondo. Purtroppo anche da te. Dovevo fermarmi. Ho letto e ascoltato musica. Ho sistemato la casa. E ho fatto tutto senza pensare. Ci sono riuscito. Adesso sono tornato nella mischia. Spero di trovare tempo per rispondere alle tue domande. Qui piove. Tu come stai?".

Elena spegne il motore. Le auto le passano accanto sfiorando lo specchietto laterale, suonano il clacson, i guidatori gesticolano e urlano. Li osserva come sequenze di un film senza sonoro. "Pazienza" è la prima parola che le viene in mente, una parola irraggiungibile come "calma", "serenità", "equilibrio". Rilegge il messaggio. Le appare offensivo. Non c'è nulla di offensivo in ciò che legge, eppure è un affronto, a lei suona così. Le auto sfrecciano a pochi centimetri dal finestrino ma lei non ci bada. Non c'è nulla di grave nelle parole di Fabio, ma sono gravissime perché hanno il potere di farla stare male. Sta male ripensando alle ore passate ad aspettarlo. Sta male davanti alla calma che traspare da ciò che ha appena letto. Se avesse la pazienza di trovare le parole giuste, "rabbia" e "furore" sarebbero le più adatte, ma anche le più sciocche.

E allora inizia a scrivere con la voglia di ferire. Sul parabrezza la pioggia cade lieve, goccioline che scivolano via, mentre lei vorrebbe piangere e non riesce. Cerca frasi taglienti, elegantemente offensive, frasi in apparenza innocue che spera arrivino sull'obiettivo come una bomba chirurgica. Scrive senza far caso ai minuti che passano, senza accorgersi che quanto ha letto non c'entra nulla con il suo stare male.

"Caro Fabio. Io sono una persona autonoma, abituata alla solitudine. Non ho bisogno di qualcuno che mi parli d'amore, ma questo weekend è stato pesante. Mi pare che siamo fuori strada, o forse abbiamo solo raggiunto la fine di questa breve storia. Succede. Gli ostacoli si vedevano già all'inizio. Ci abbiamo provato. Tu hai bisogno di una persona vicina a te, non a centinaia di chilometri. Sentiti libero di trovare altrove ciò che può renderti felice. Se hai bisogno di me, non sparisco. Puoi scrivermi, telefonarmi. Ma è meglio per entrambi chiuderla qui. Un abbraccio. Con affetto. E."

Scrivendo "Con affetto..." forse ha superato davvero il limite. Legge, rilegge, invia. La pioggia è più insistente e il ticchettio sul parabrezza fastidioso. Gira la chiave nel cruscotto per rimettere in moto. L'auto sobbalza come un malato ucciso da un colpo di tosse. Prova ancora e il quadro elettrico stavolta risponde con un suono soffocato. Durante la sosta non l'ha spento del tutto. Forse è colpa della batteria. Non ha spento neppure le luci, come ha potuto non spegnere le luci? "Impossibile che si sia scaricata in così poco tempo" pensa sollevando il polsino della camicia e controllando l'orologio. Se l'orologio non è impazzito, sono passate due ore.

36

Due ore. Elena è rimasta più di due ore là, nella polvere della cava, sotto il sole crudo dell'estate. Ha diciotto anni e ha appena dato l'orale all'esame di maturità, proprio oggi che è il compleanno di Luigi.

Quando è tornata da scuola, è andata alla cava, si è seduta su un grosso mucchio di sabbia ed è rimasta lì per due ore a fissare il piazzale. Nessuno ha avuto il coraggio di mandarla via, neanche suo padre. Suo fratello compie sedici anni. L'ha detto al professore di Italiano usando il presente indicativo. «Mio fratello oggi compie sedici anni.» Glielo ha detto quando lui le ha fatto i complimenti per l'interrogazione. «Tuo fratello?» ha chiesto. Tutti in paese sanno della disgrazia successa quel giorno. «Sì, mio fratello... proprio oggi.»

Sono passati dodici anni da quando è morto, ma per Elena non è cambiato niente. Il dolore è lo stesso, solo meno rabbioso, più infido.

Quella coincidenza sembra uno scherzo crudele: l'esame di maturità nel giorno in cui suo fratello avrebbe compiuto gli anni. «La vita è crudele» diceva il padre di Elena quando lei si ribellava alle sue ingiuste punizioni. «Perché sei così crudele?» gli chiedeva singhiozzando e lui rispondeva: «La vita è crudele». Lo diceva anche ai suoi vecchi operai, a cui però nel tempo non si era più azzardato a ripeterlo. Elena se ne era accorta, aveva notato che si erano fatti più aggressivi, lo trattavano alla pari, e talvolta sembrava che il padrone della cava non fosse più lui. Suo padre si rifaceva sui due nuovi arrivati, coetanei di Elena. Lei li aveva spiati da lontano.

Non vanno a scuola, scopre un giorno, hanno già smesso, ma frequentano il bar del paese quando finiscono di lavorare. Ed è nel bar che conosce Raffaele.

Raffaele è l'operaio più giovane. È biondo e alto, con gli occhi celesti, parla l'italiano con una cadenza dialettale che la fa ridere. È innamorato di lei. Così le hanno detto. È cotto della figlia del padrone.

All'orale le hanno fatto una domanda su *La ginestra* di Leopardi.

«La ginestra è il fiore del deserto, cresce su terreni aridi e desolati. La natura, nella sua assoluta indifferenza, non si cura del destino dell'uomo, così come non si cura di un formicaio schiacciato da un pomo che cade. La natura è incurante del delirio di onnipotenza di chi vive su un oscuro granello di sabbia: la Terra.»

Lo ripete a Raffaele sulla spiaggia, mentre con una matita sottolinea il libro. La raggiunge sempre là, quando la domenica mattina fa i compiti, seduta a gambe incrociate su una stuoia rossa. Lui la osserva senza dire una parola. La ascolta mentre ripete i paragrafi di Letteratura. Nel suo riserbo, nella paura di avvicinarla, c'è ammirazione. Ha dei modi gentili, inconsueti per un operaio abituato ad ambienti duri. Mentre Elena studia, lui la fissa come un vaso di cristallo in bilico su una finestra aperta.

Raffaele è innamorato di lei, ma lei non può innamorarsi di lui. Quando le parla, a Elena viene da ridere. La diverte il modo in cui sevizia la grammatica, e proprio per questo non riesce a prenderlo sul serio.

Non è riuscita ad amarlo neanche la mattina in cui le cose che ha detto le hanno fatto dimenticare la sintassi.

«Era tuo fratello?» le chiede mentre lei infila i libri nello zaino per tornare a casa.

«Chi?»

«Luigi.»

Elena si blocca all'istante. Il nome di suo fratello ha il potere di paralizzarla.

«Sì.»

Raffaele scuote la testa. Abbassa lo sguardo. Resta in silenzio mentre lei si allaccia i sandali. Se suo padre li vedesse insieme, potrebbe ucciderli.

«Quanti anni aveva quando è morto?»

«Ne aveva quattro.»

Scuote ancora la testa. Poi la guarda negli occhi. La fissa senza muovere i muscoli del viso. Il tempo scorre tra loro e li separa, riporta Elena nel passato, mentre Raffaele resta da solo nel presente, accenna un sorriso e socchiude gli occhi, come se avesse preso una decisione.

«Tu sai come è andata?» le chiede sottovoce.

«Che cosa?»

«Come è successa la disgrazia...»

Il sole è ancora caldo, ma Elena si sente gelare. È la prima volta che qualcuno dà voce a una domanda che si è fatta infinite volte. Non sa cosa rispondere, ha paura di trovarsi di fronte ai propri fantasmi, quelli che tiene chiusi nella sua testa, assiepati, ma incapaci di liberarsi senza il suo permesso.

«Non so,» dice a un tratto «io ero sulla collina. Lo stavo aspettando. Ho visto alcune auto... andavano alla cava... mi hanno detto che... che...»

Non prosegue. Non riesce più a tirar fuori una parola. Si passa una mano sulla faccia e la sabbia si appiccica al sudore.

Raffaele le accarezza i capelli. Con un dito le solleva il mento.

«Non voglio che soffri» le dice. «Hai già sofferto tanto.»

Elena ha gli occhi lucidi, ma non le scendono lacrime. Nessuno si era mai avvicinato così tanto al terreno minato su cui neppure lei si muove tranquilla. «Potremmo saltare in aria entrambi» gli dice sottovoce. «Meglio se lasciamo perdere, meglio se adesso te ne vai.»

Raffaele fa un passo indietro come se all'ultimo momento si fosse accorto di un pericolo. Elena allora gli va contro e preme la testa sul suo petto, lui ha i muscoli tesi ed è un po' sudato. Ha addosso l'odore del mare.

«È caduto in un cunicolo» gli dice tutto d'un fiato. «La sabbia l'ha sepolto vivo. Me l'ha detto mio padre il giorno che è morto.»

Poi rialza la testa e lo guarda. Raffaele fa una smorfia. Pare sorpreso, contrariato. Poi abbassa gli occhi, prende la maglia che ha lasciato sulla stuoia e si avvia verso la strada. Non la saluta, fugge senza voltarsi.

«Dove vai?» grida Elena.

Lui si allontana a passi rapidi, sollevando sabbia e pezzetti di alghe.

«Dove vai?» ripete.

Raffaele continua a darle le spalle, ma a un tratto si ferma. È immobile, e lei può contare i dorsali sulla sua schiena abbronzata. A un tratto si volta, torna indietro, cammina rapido verso di lei.

«Dove hai detto che vuoi andare?» insiste Elena, con un tono adesso implorante.

«Alla polizia.»

«Alla polizia? Ma per quale motivo?»

«Per denunciare tuo padre.»

Raffaele aggiunge altre parole, ma Elena non lo vede più, davanti agli occhi ha una nebbia densa e poi solo il buio.

Quando li riapre è sdraiata sulla stuoia con le gambe sollevate dalla pila dei suoi libri piazzati sotto le caviglie. Raffaele è in piedi, spaventato.

Elena tenta di alzarsi, si mette a sedere, ma lui le appoggia le mani sulle spalle e la obbliga a restare distesa.

«Aspetta,» le dice «resta così ancora qualche minuto... sei svenuta.»

Poi le chiude gli occhi sfiorandole le palpebre con un bacio. Elena non sa dire se sia successo davvero o se è lei ad averlo immaginato, forse fa parte della giovinezza confondere le cose.

37

"Non ti ho risposto subito perché la delusione me lo ha impedito. Ti presenti come una donna autonoma e poi, se uno agisce di conseguenza, ti arrabbi perché hai bisogno di essere amata come tutti. Era tanto che eri andata via. E lo sai. Sei rimasta per senso del dovere. Mi sarebbe piaciuto sentirmelo dire di persona, non dopo un fine settimana in cui ti sei sentita sola e non hai avuto il coraggio di farmelo sapere. Abbiamo nascosto le nostre ferite e per questo siamo finiti."

È passato un giorno da quando Elena gli ha scritto e solo adesso arriva la risposta di Fabio. Nelle ultime ventiquattro ore ha controllato lo schermo del telefono in modo ossessivo. Poi ha smesso. Di colpo ha lasciato perdere. L'ha spento per un'ora e quando l'ha riacceso ha trovato ciò che si aspettava.

Elena è su un treno, l'ennesimo treno che la porta a un ennesimo appuntamento di lavoro. Ci va di malavoglia, e forse "malavoglia" è già un sentimento apprezzabile per una che ormai è certa di non provare più interesse per niente. È la stessa impressione che ha quando, scavando tra i misteri di cui si occupa, si accorge che dietro a ogni crimine, per quanto sontuoso nell'apparente ingegno con cui viene concepito, c'è sempre e solo la grettezza di un essere umano. E la grettezza, a dispetto di ciò che sembra, non ha nulla di affascinante, nulla di eccentrico né di originale.

Guarda fuori dal finestrino, non prova niente, ne è sicura. Rilegge il messaggio e le pare che non la riguardi. «Hai fatto bene» dice tra sé. «Doveva finire così.»

Poi fruga nella borsa, tira fuori un taccuino su cui ha preso appunti frettolosi scritti in blu. Poche ore prima ha ricevuto un'informazione riservata. È proprio suo padre l'uomo coinvolto nei traffici dell'associazione a delinquere che è stata smascherata. L'ha saputo da una fonte attendibile. Nessuno sospetta il suo legame di parentela. Marco aveva ragione. Il suo cognome è così comune che a nessuno è ancora venuto in mente di metterla in relazione con "quella gentaglia", per citare alla lettera una frase di Giuliano.

Intanto non prova niente. Niente di niente. Questo pensiero le ingombra il cervello. Le sembra che qualcuno stia vivendo la sua vita da un'altra parte, fuori dal suo corpo che resta sul sedile del treno, svuotato e indifferente. "Prima o poi l'anestesia finirà," pensa Elena "prima o poi tornerò a sentire il dolore."

Il treno è affollato, attraversa una specie di foresta dove le case spuntano all'ultimo come funghi sgargianti e velenosi. Seduta di fronte a lei c'è una coppia logorroica. Discutono sottovoce di scemenze nonostante quella sia la carrozza "Silenzio".

Non prova niente e proprio per questo ha paura. Ha chiuso tutte le emozioni nell'invaso di una diga che ha raggiunto il livello di guardia.

"...e per questo siamo finiti." Fabio ha scritto proprio così ed è vero. La velocità con cui hanno dissipato il loro amore è inversamente proporzionale al tempo che hanno impiegato per fidarsi uno dell'altra. È durata poco la loro ostinazione a stare insieme.

"...siamo finiti." Di certo Fabio non si è accorto di aver

usato un'espressione ambigua. Voleva dire che è finita la loro relazione o che sono finiti Elena e Fabio come singoli individui? Elena non lo sa. Il pensiero di perdere altro tempo a riflettere su sfumature a cui lui non ha probabilmente fatto caso la abbatte più della fine in sé. "Ho costruito un castello in aria in cui ho abitato da sola" pensa Elena.

Ma hanno ancora una cosa in comune: una stanza prenotata per due. È in un albergo dove Elena, due settimane dopo, ha un appuntamento di lavoro. La città è a metà strada tra le perplessità di Fabio e le sue, a metà strada tra l'amore e il rancore, due obiettivi che entrambi possono raggiungere con la stessa probabilità. È stata Elena a prenotare, e tocca a lei disdire il posto anche per lui.

Il treno corre, attraversa una campagna verde brillante punteggiata di fiori gialli. Li guarda sfilare dal finestrino ma non li vede.

"...abbiamo nascosto le nostre ferite..." ha scritto Fabio. È così.

Elena ha ottenuto ciò che voleva dall'inizio: la loro fine. Si è tolta un peso. Era già uscita dalla storia prima di rendersene conto, era rimasta per ciò che lui ha definito "senso del dovere". È così? «Dormi come una bambola» le aveva detto quando al mattino si erano svegliati abbracciati l'ultima volta che erano stati insieme.

Elena rilegge ancora il messaggio di Fabio, la sta avvelenando piano piano. È una pozione che agisce al rallentatore, le toglie le forze, la lascia senza fiato, come quando da bambina ha ingoiato per sbaglio una pasticca che suo nonno teneva nella baracca dell'orto per far fuori i topi.

A un tratto la discussione della coppia che ha di fronte si accende, trascende in un litigio. Allora Elena fa una cosa che non le appartiene: alza gli occhi su di loro e resta a fissarli fino a quando non si accorgono di lei, fino a quando non è palese l'insofferenza che prova verso la loro maleducazione.

Il suo sguardo zittisce i due che abbassano gli occhi, fingono di non aver capito e si voltano di lato per osservare il paesaggio dal finestrino.

Il treno intanto arriva in stazione. "È tutto finito" dice a se stessa mentre scende. "È tutto finito." Per arrivare alla redazione prende un taxi. L'autista mastica qualcosa che somiglia a tabacco mentolato. Gliene offre una presa mostrando nello specchietto retrovisore una scatolina blu.

«No grazie, non fumo.»

In redazione Cesare la fa accomodare nel suo ufficio, ha indosso una camicia selvaggia, di quelle che mette quando sa di non andare in onda. Le parla per mezz'ora e lei non capisce. Le ripete le frasi due volte e a un certo punto chiede: «Ma stai bene?».

«Tutto bene... forse un po' di stanchezza...»

Un collega la trattiene nel corridoio per raccontarle i dettagli di una sua inchiesta. Ha una maglia con una fantasia a quadretti ipnotici e il suo profumo le ricorda quello di una grossa pigna verde di plastica che sua mamma teneva sulla vasca da bagno. Lui le chiede un parere tecnico. Elena risponde, è prolissa, aggiunge dettagli ai dettagli, fino a quando non sente qualcosa salire dallo stomaco. Raggiunge di corsa il bagno, appena in tempo per arrivare al lavandino e vomitare.

Le sembra davvero di aver ingerito veleno, una sostanza che danneggia le funzioni vitali. Vorrebbe scrivere a Fabio, vorrebbe insultarlo, vorrebbe implorarlo di lasciarle un'altra occasione.

E invece non risponde.

Passano due settimane. Non sa dire cos'ha fatto in tutto quel tempo. Alla vigilia della partenza non ha ancora cancellato il nome di Fabio dalla prenotazione.

«Sono viva» sussurra preparando la valigia. «Sono viva» ripete davanti allo specchio del bagno mentre si lava la faccia, mentre fa scivolare acqua fredda sugli occhi rossi.

Il giorno della partenza fa un caldo torrido. Per strada non incontra nessuno, sembra una città fantasma in cui sono rimaste solo auto parcheggiate, come in quei film di fantascienza dove l'umanità intera scompare e si dà la colpa ai marziani.

Sul treno l'aria condizionata funziona male. Ha un pacchetto di biscotti nella borsa, li tira fuori e li ricaccia dentro dopo aver rigirato per un po' la confezione tra le mani.

Appoggia il computer sul tavolino. Lo accende.

Una signora seduta di fronte a lei mangia un panino all'arrosto e per qualche minuto concentra l'attenzione nel mordere i pezzetti di carne irregolari che spuntano fuori dalla pagnotta.

Elena apre il documento a cui sta lavorando. Contiene una mappa interattiva con cui si può misurare l'innalzamento dei mari su tutte le coste del mondo e calcolare il tasso di rischio legato alle inondazioni.

La signora seduta di fronte ha accartocciato la stagnola che conteneva il panino, si è pulita le mani con un tovagliolo e ha iniziato a sbucciare una banana.

Elena prova a inserire nella mappa il nome di una città del Sudest asiatico in cui ha girato alcune immagini, e la cartina mostra la linea di confine tra terra e mare. Imposta il calendario per una proiezione a cinque anni. La linea di costa arretra e il blu diventa il colore dominante dove ora sorgono le case.

La signora di fronte a lei intanto ha finito di mangiare la banana, un profumo esotico le aleggia intorno mentre sfoglia una rivista che in copertina ha titoli enormi, seguiti da punti esclamativi che incorniciano le foto di divi della tv. Al centro della pagina spicca l'immagine di una donna in un succinto costume da bagno e il titolo è costituito da un'unica parola rossa seguita da un punto interrogativo: *Divorzio?*.

Elena spegne il computer. Chiude lo schermo e si trova

faccia a faccia con la signora che ha alzato la testa dalla rivista, aperta sulla pubblicità di una guaina dimagrante. Ha le mani lisce e le unghie laccate di verde.

L'altoparlante annuncia la stazione a cui Elena deve scendere. La valigia è appoggiata nel corridoio. Infila la giacca nonostante il caldo, e mette a tracolla la custodia del computer. La signora le rivolge uno sguardo compassionevole.

Mentre Elena scende i gradini del treno, dalla borsa esce un suono ovattato. È un messaggio.

Cammina lungo la banchina e senza fermarsi raggiunge l'uscita. Si guarda intorno. La giornata è tiepida e sui balconi dei palazzi ci sono tanti vasi di fiori. All'improvviso è allegra, quasi euforica. "Un messaggio" pensa Elena, un messaggio proprio quando è ancora in tempo a porre rimedio ai malintesi. Ha fatto bene a non cancellare il posto per Fabio, ha fatto bene a non cedere al rancore.

Sul piazzale si ferma all'ombra di un grande albero. Alza la testa e tra i rami fioriti vede il blu del cielo. Tira fuori il telefono e intanto sorride. Sorride alle persone che passano e la guardano stranite. Vorrebbe leggere il messaggio e invece aspetta. Resta lì, sotto il grande albero coperto da fiori profumati. Poi a un tratto si decide, controlla lo schermo: è una pubblicità del supermercato.

38

È stato Raffaele a darle il primo bacio. Il primo bacio della sua vita. È successo quando è svenuta sulla spiaggia quella mattina.

Ha la testa in una nuvola, il corpo leggero che pare stia fluttuando sopra di lei mentre Raffaele la trattiene sulla stuoia. Elena non ha mai cercato di sapere cosa è davvero successo a suo fratello, non ha mai voluto una risposta alle domande che la tormentavano. L'ignoranza è una forma di saggezza, una protezione. La verità l'avrebbe uccisa se mai l'avesse raggiunta, questo Elena l'ha sempre saputo.

Tiene gli occhi aperti, sgranati, mentre Raffaele si piega su di lei e con le labbra la sfiora. Sopra di loro la scia di un aereo traccia una linea in diagonale nel blu del cielo, piano piano si disfa, si confonde tra le nuvole, tra i pensieri che si diluiscono e perdono consistenza.

La parte della storia che per anni ha negato a se stessa le torna in mente adesso, mentre ricopia appunti sul computer.

«Lo hanno seppellito.» Raffaele glielo dice così, senza riuscire a formulare meglio la frase, senza tentare di smussare gli angoli taglienti che la feriscono. Per Elena è il risveglio da una lunga notte che non lascia posto al giorno. Per questo ha rimosso quella scena, ma ora scopre che non è riuscita a cancellarla del tutto.

La frase di Raffaele le risuona in testa, rimbomba. Non potrà continuare a fare finta di non sapere. Il ricordo è vivido come se lei fosse ancora là sulla spiaggia.

«Che vuoi dire?» gli domanda, scattando in piedi e spingendo Raffaele lontano da sé. «Cosa vuol dire "lo hanno seppellito"?»

«Niente... hai capito male.»

«Cos'hai detto poco fa? Devi ripeterlo!»

Raffaele si siede sulla stuoia vicino a lei. Non è più convinto di ciò che si è lasciato sfuggire in un impeto di lealtà. Sembra pentito. Un'ombra gli è calata sul volto.

Sulla spiaggia non c'è nessuno. Una mareggiata ha portato a riva tante foglie di poseidonia, pezzi di conchiglie e di reti.

«Perché hai detto che vuoi andare alla polizia?»

Lui si volta dall'altra parte. Se potesse vederlo in viso, noterebbe che dentro è morto, ed è lei ad averlo ucciso, lei che non ha ricambiato il suo bacio, lei che sembra non essersene neppure accorta.

«Cosa volevi dire?» insiste Elena battendogli le mani sulla schiena. Lui non si gira, continua a darle le spalle. Avrebbe dovuto arrivare da sola alla verità. Le sarebbe dovuta andare incontro senza paura. Invece è lì, insistente come una bambina capricciosa, che implora per avere ciò che le fa male.

A un tratto torna a sedersi, quieta, con la testa tra le mani, come se avesse rinunciato a insistere. Raffaele ha sempre lo sguardo fisso sul mare, sulla sabbia che odora di sale e ricopre la speranza con cui è arrivato lì quella mattina.

"Non ce l'ho con te," vorrebbe dirgli "ce l'ho con me stessa." E invece sta zitta e lo osserva. Continua a fissarlo anche quando lui si alza e dice: «Devo andare, non va bene stare qui, possono vederci».

Elena tace mentre lui si incammina verso la strada e gli spruzzi delle onde le bagnano il copricostume giallo. Poi, quando Raffaele sta per sparire all'orizzonte, si tira su e si mette a correre. La sabbia le entra nei sandali, le graffia la pelle. Lei affonda, riemerge, inciampa nei resti della mareggiata e lo raggiunge.

«Tu resti qua!» urla, graffiandogli un braccio con le unghie. «Tu non te ne puoi andare!»

Raffaele finalmente si volta. Si passa una mano sul braccio nel punto in cui sono visibili le striature rosse. La tristezza si è trasformata in pena, pena per lei che ha superato il limite.

«Ho sbagliato io,» dice Raffaele allontanandosi «è colpa mia...»

«Tu non hai sbagliato niente!» grida Elena, cadendo in ginocchio sulla sabbia, senza dargli il tempo di finire la frase. «Da qui non te ne vai senza spiegare. Tu devi dirmi cos'è successo a Luigi!»

«Ho sbagliato io» ripete lui sottovoce. «Ti spiegherò un'altra volta... Adesso calmati, devo andare.»

«Raffaele! Ti prego!» urla lei con gli occhi arrossati. «Ma non ti rendi conto? Stiamo parlando di mio fratello...»

Lui riprende a camminare in direzione della strada. Ha lasciato sul marciapiede la sua bicicletta. Tira fuori le chiavi del lucchetto, poi si volta di nuovo.

Elena sta tornando indietro e Raffaele la raggiunge, le appoggia le mani callose sulle spalle. Sono fredde a contatto con la pelle bollente.

«Ho fatto male, è chiaro?» dice scuotendola. «Al passato non ci si può fare niente... lo capisci?»

Elena è immobile, inespressiva, stringe un sasso nella mano. «Non è vero!» grida a un tratto facendo uno scatto all'indietro come un serpente prima di attaccare. «Non è vero! Non si può vivere senza sapere!» Poi lancia il sasso sulla battigia, lo osserva mentre viene inghiottito dall'acqua.

Mentre Raffaele si allontana di nuovo, scoppia a piangere. Cade in ginocchio sulla stuoia e piange. Da tanto tempo non le succedeva. È come se lui avesse schioccato le dita liberandola dallo stato d'ipnosi che l'ha bloccata per anni. Una benda le ha tenuto coperti gli occhi e lei non ha fatto abbastanza per strapparla via. Le ha impedito di guardare in faccia la realtà, le ha evitato di chiamare suo padre "assassino".

"Non si può vivere sapendo tutto" pensa Elena. "Non si può contemplare la verità senza restarne pietrificati." Nelle sue lacrime di quel giorno si scioglie l'infelicità di dodici anni. Le pare di non riuscire più a smettere di piangere, non sa se potrà tornare a essere la ragazza che è arrivata in spiaggia con libri e quaderni per i compiti.

Raffaele intanto si è seduto sulla ringhiera del muretto lungo la strada. Ha la schiena incurvata e sembra un animale chiuso nella tana a leccarsi le ferite. A un tratto si alza, torna indietro, cammina in fretta e la raggiunge. Poi si inginocchia al suo fianco. Le poggia una mano sulla spalla, le accarezza i capelli.

«È morto sul camion» dice tenendole la testa tra le mani. «Era nel cassone. La sabbia l'ha seppellito.» Deglutisce, riprende fiato, e poi accelera il ritmo con cui farfuglia le parole: «...sicché hanno dovuto seppellirlo una seconda volta nella cava, in un cunicolo. Ma pensavo che lo sapevi, pensavo che te l'aveva detto. Non immaginavo... non credevo che era arrivato a nasconderlo anche a te».

Elena smette di singhiozzare di colpo, come un motore che si spegne. Ha ancora la testa tra le mani di Raffaele che le preme le orecchie. Una nausea improvvisa la attraversa, mentre dallo stomaco le sale un urlo. Lo sente arrivare piano e d'istinto si copre la bocca con le mani. Vorrebbe fermarsi e invece grida, grida a squarciagola il nome di suo fratello. Poi la nausea le arresta il respiro. Si gira di lato, china la faccia sulla sabbia e vomita. Raffaele le tiene su il mento, le pulisce il viso con il suo fazzoletto, la solleva da terra prendendola in braccio, poi la stende sulla stuoia.

A Elena pare che il sangue defluisca dalle arterie, ha freddo, come se la luce del sole splendesse in una notte polare.

Raffaele le tiene una mano sulla fronte e con l'altra le carezza ancora i capelli. Poi si alza, si avvicina alla borsa di Elena e tira fuori l'asciugamano che lei ha piegato poco prima, glielo stende sul corpo. Le prende il polso, lo tasta per contare i battiti. Elena avverte sulla pelle il tocco ruvido della sua mano screpolata.

Se suo padre li vedesse potrebbe ucciderli. Se suo padre fosse lì, lei lo ucciderebbe.

39

Ha ripensato tante volte a Raffaele. Lo immagina la domenica mattina in spiaggia mentre l'aspetta, mentre fissa il mare lanciando sassi sull'acqua, lo immagina nel bar del paese mentre cerca di captare i sussurri, di mettere insieme i frammenti delle conversazioni. «È partita...» dice qualcuno alzando le braccia al cielo. «Nessuno sa dove è andata...»

È andata via senza salutarlo. Questo Elena non se l'è mai perdonato. Poi anche il rammarico si è dissolto, risucchiato dal gorgo della vita che trascina via ricordi belli e brutti, rimpianti e pentimenti, per liberare spazio.

Rivede Raffaele negli occhi degli operai che incontra durante i suoi viaggi, distrutti dalla fatica, stropicciati dal sole. Sul passato ha posto una campana di vetro da cui la nostalgia non può uscire. Il passato è innocuo, silenzioso, come uno squalo dietro le pareti di vetro di un acquario. "Si può provare nostalgia anche per ciò che abbiamo detestato" pensa Elena. "Per chi abbiamo odiato. La nostalgia smussa gli angoli aguzzi che ci hanno ferito, ma le cicatrici restano."

Elena sa che non può permettersi di liberare la nostalgia, non può farla uscire dalla bolla in cui l'ha chiusa, pagherebbe un prezzo troppo caro. Può concedersi solo il distacco, la freddezza che le attribuisce chi non la conosce bene. È stato così che non ha capito niente di Fabio. L'ha paragonato a se stessa. Ha analizzato le sue reazioni come se stesse interpretando le proprie, ha commesso l'errore di riempire i vuoti con ipotesi che non c'entravano niente, con pensieri lontani da Fabio e dal suo modo di vedere la vita. Ha tratto conclusioni campate in aria e poi ha perso altro tempo lamentandosi dei propri ragionamenti inesatti. "È difficile accettare la verità" pensa Elena. "È difficile prendere atto che il silenzio di chi amiamo spesso non nasconde niente, è solo vuoto, come quello che incontriamo quando cerchiamo una ragione superiore alle nostre disperazioni. Cerchiamo tesori nei posti sbagliati."

Il ricordo di Raffaele torna a ondate, come quel giorno d'agosto in Cina, nella più grande miniera di estrazione del mondo. Elena si è recata al lago Poyang per scattare foto dell'isola di Yinshan, nella provincia orientale del Jiangxi. Vuole diffondere le immagini della drammatica ritirata dell'acqua dolce, che fa dell'isola una sorta di collinetta in un paesaggio desertico. Le hanno detto che lì, anni fa, approdavano in cerca di casa gli uccelli migratori dell'Asia. Le oche cignoidi, le gru siberiane, le gru dal collo bianco andavano a svernare in quella zona umida, ormai prosciugata a causa dell'estrazione della sabbia. La draga più grande può pescare oltre diecimila tonnellate di sabbia all'ora. Diecimila tonnellate. Elena non riesce neppure a immaginare come si traduca nella realtà una cifra tanto smisurata. Mettendo insieme le tre più grandi cave americane non si raggiunge la capacità estrattiva del lago Poyang. Per questo il livello del bacino è sceso progressivamente fino a diventare una vuota immensità. Elena si domanda se nessuno avesse ipotizzato che prelevare grandi masse di sedimenti poteva innescare l'erosione delle rive, causa principale del prosciugamento. È così evidente. Non erano necessari gli esperti per capire che dragare sabbia in così grossa quantità avrebbe generato uno squilibrio profondo.

Sulle rive del lago Poyang Elena incontra un ragazzo cinese dagli occhi grandi. Non ne ha mai incontrato uno con occhi simili. Somiglia a un occidentale. Elena fa domande e lui risponde al rallentatore, sembra cerchi di accarezzare le frasi, di levigarle per renderle inoffensive. Ha paura di mettersi nei guai, è evidente. I suoi modi riservati le ricordano Raffaele, un pesce innocuo in una vasca di orche.

Il ragazzo parla lentamente anche perché Elena fatica a comprendere tutte le parole. Se lei non riesce a cogliere il senso, lui cerca nel suo povero vocabolario qualche termine in inglese. Dopo ogni frase allarga le braccia e le protende verso il cielo. È tutto smisurato, inimmaginabile, come la violenza contro la natura che gli uomini hanno esercitato lì.

«Sono volati via» dice il ragazzo indicandole le nuvole. «Li abbiamo persi.» Poi traccia sulla terra due linee incrociate: è il disegno di un uccello. Da piccolo li raffigurava su pezzi di carta di riso. Li vedeva da casa sua, nobili, alteri. «Volevo somigliare a loro,» le confessa «volevo volare via.»

Le draghe sono alte come palazzi. Prelevano sabbia a una velocità trenta volte maggiore rispetto al tempo che la natura impiega per formare sedimenti nell'alveo dei fiumi. Dove prima c'era acqua ora è rimasta terra verdastra. Qua e là ci sono chiatte per l'estrazione, incagliate nel fango. In pochi anni la Cina ha consumato più sabbia e cemento di quanto abbiano fatto gli Stati Uniti in un secolo. Elena lo comunica al ragazzo, gli chiede se lo sapeva, e lui alza di nuovo le braccia al cielo. Come faceva a saperlo? Lui non sa neppure cosa voglia dire la parola "Stati Uniti".

Allora Elena prova a spiegarglielo, non è facile, deve fare anche attenzione a non destare sospetti negli operai che lavorano lì. Ha l'impressione di essere tenuta d'occhio da qualcosa di immenso e inquietante, una specie di dio. Tutti ne hanno rispetto e terrore. Il ragazzo fissa le labbra di Elena per comprendere meglio, come quando lei leggeva a Raffaele brani di filosofia e lui la guardava strizzando gli occhi nel tentativo disperato di afferrare il succo delle sue parole. «Non ci capisco niente» ammetteva poi sfregandosi gli occhi con entrambe le mani. «Tu parli arabo.»

"Stati Uniti." Il ragazzo lo ripete in italiano, è commovente. Allora Elena tira fuori un'altra parola, il nome di una città che lui non può non conoscere: Shanghai. Il suo viso si fa serio, come se la divinità avesse preso corpo all'improvviso. Abbassa la testa, fa un passo indietro. È un inchino di devozione verso i grattacieli di cristallo della megalopoli, costruiti con la sabbia del lago. È grazie anche al lavoro del ragazzo se quegli enormi edifici sono sorti, e lui ne è orgoglioso, come lo sono i cinesi quando si parla dei sacrifici che hanno fatto per la prosperità della celeste Patria.

Per raggiungere Shanghai le barche cariche di sedimenti viaggiano sul fiume Yangtze. In molti tratti le rive sono franate. Il passaggio tra il lago e il fiume è diventato così enorme che l'acqua si riversa nel secondo con rapidità estrema, lasciando i fondali scoperti. Elena l'ha visto con i suoi occhi. È spaventoso, ma il ragazzo è troppo giovane per spaventarsi, per osservare quei fenomeni innaturali con stupore. Ormai è abituato a quel paesaggio desolato che a lei ricorda le foto del pianeta Venere scattate dallo Spazio. La distruzione dell'ambiente è una cosa normale per i cinesi della sua età. Anche Elena da ragazza era assuefatta al mondo di cemento che le cresceva intorno.

Il ragazzo appartiene a una generazione che non conoscerà una parte di mondo a noi noto, scrive Elena nei suoi appunti. *Quella parte di mondo che a breve verrà sommersa, quella che nel 2100 sparirà, per esempio l'arcipelago delle Maldive, le spiagge di Puerto Rico dragate per costruire grandi alberghi turistici che ora si affacciano su coste disastrate.*

Ricorda di aver visto alcune foto dell'Italia in una simulazione al computer. Nel 2100 buona parte del paese sarà scomparsa.

Elena e il ragazzo si somigliano, sono figli della stessa desolazione. "Lui, però, non saprà mai cos'ha perduto," pensa Elena "mentre io, negli anni della mia infanzia, ho avuto sotto gli occhi ciò che restava di un tesoro poi scomparso." *Chiunque possegga un tesoro, commette l'errore di sottovalutarlo, di maltrattarlo perché lo crede eterno.*

Anche sulle carte ignote custodite in biblioteca, quelle archiviate in magazzini remoti della sua città, Elena ha visto il verde della terra farsi blu. Sembra che il mondo in cui ha mosso i primi passi sia destinato a diventare una nuova Atlantide prima della fine del secolo. Forse sparirà la spiaggia su cui ha giocato con suo fratello, sparirà la sua casa d'infanzia, sparirà la famiglia che ha detestato. Questa conclusione è inesorabile, le proiezioni dei geologi sono molto chiare: l'erosione della terra e l'innalzamento dei mari sono più forti della nostra determinazione a invertire la rotta, a interrompere gli atti lesivi contro l'ambiente. "Tra ottant'anni non resterà niente dei miei ricordi" si dice Elena. Questo pensiero dovrebbe preoccuparla e invece le alleggerisce il cuore. Anche il dolore è relativo. Terminerà con noi, con le nostre vite. Sparirà come la sabbia sepolta e intrappolata per sempre sotto le enormi costruzioni nate in riva al mare. Migliaia di metri cubi di cemento ricoprono le dune, l'immenso strato di granelli d'oro. La città che Elena bambina vedeva da lontano stava crescendo anno per anno proprio sul filo di quella luce.

Se adesso Elena potesse esprimere un desiderio, vorrebbe smettere di pensare. È in cucina davanti a una vaschetta di insalata monoporzione, lo schermo del cellulare è pieno di messaggi di lavoro, e il telegiornale in tv passa le solite notizie terribili. Si alza, raggiunge la scrivania del suo studio, apre un cassetto e tira fuori una cartellina che contiene carta da lettere. È giallognola sui bordi, non la usa da anni, perlomeno da quando tutte le comunicazioni passano attraverso il computer. Nel cassetto c'è anche una penna, un regalo di Marco.

Torna in cucina, si siede al tavolo, allontana il piatto, solleva la tovaglia e inizia a scrivere:

Cara mamma,
non so se leggerai questa lettera o se la straccerai perché arriva da tua figlia, una persona che hai amato poco e che di questo ancora risente.
Sono passati anni da quando ci siamo viste l'ultima volta. Mi ero ripromessa di sparire per sempre. Sono certa che non mi hai perdonata, come io non ho perdonato te per la mancata ribellione a tutto il male che hai subito, che abbiamo subito insieme. Chi non si ribella alle ingiustizie, chi non alza la testa, non commette un sacrilegio solo verso se stesso, lo commette verso gli altri che riceveranno un cattivo esempio e patiranno le conseguenze.
Forse sai il lavoro che faccio, anche se non ne sono sicura. È un lavoro che mi obbliga a cercare la verità, a raccontare le ingiustizie, e non l'ho scelto a caso. A breve il mio lavoro mi porterà a occuparmi di cose che ci riguardano da vicino. Ho messo in conto che papà mi odierà ancora di più, se possibile.
Tenevo a dirti che, invece, da parte mia non c'è odio, ma un senso di liberazione. Ciò che accadrà ci riscatterà tutti insieme, pagheremo ogni debito, raggiungeremo un grado zero da cui forse si potrà ripartire.
Non sono certa che capirai, metto in conto anche questo. Lascio a te la scelta. Se riceverò una tua lettera, saprò che hai compreso, altrimenti, da figlia, mi resterà la consolazione d'aver provato a cercare la madre che non ho mai avuto.
Tua Elena.

40

Neanche all'ultimo momento Elena ha disdetto la prenotazione per Fabio, e adesso occupa da sola una stanza per due. L'appuntamento di lavoro è andato bene, la giornata è passata in fretta, parlare di problemi allarmanti per il mondo intero l'ha distratta. È ancora frastornata dalle domande che le hanno rivolto, è stupita dalla lucidità con cui è riuscita a rispondere a persone di cui ora non ricorda più nulla: facce, voci, espressioni svanite senza lasciare traccia.

Tutto è passato. Anche Fabio.

Elena ha messo in valigia l'abito nuovo, quello a fiori che non ha mai indossato. Ha portato anche un paio di orecchini e una giacca, uno dei pochi capi eleganti che ha nell'armadio. Soltanto mettendosi davanti allo specchio si rende conto della cura che ha impiegato nel prepararsi a questo weekend, una cura inusuale, persino spiacevole se vista dalla prospettiva di ritrovarsi lì da sola.

Sta per scendere a cena quando le arriva un messaggio. Ha già un piede nel corridoio, ma fa un passo indietro e prende il telefono dalla borsa. Conta mentalmente gli sms pubblicitari che le sono arrivati nelle ultime dodici ore. Sono almeno dieci, dieci fitte al cuore. Riapre la porta e senza controllare il cellulare esce di nuovo.

Raggiunge la sala del ristorante e si siede nell'angolo meno affollato. Appoggia il telefono sul tavolo e si ripromette di non toccarlo. Quando arriva il cameriere, ordina. È abituata a cenare da sola, ma non stasera, stasera è insopportabile. Si guarda intorno e vede soltanto coppie. Allora sposta il piatto sull'altro lato del tavolo, si alza e si siede sulla sedia che ha davanti. Adesso può guardare fuori. Nel giardino ci sono grandi alberi, le chiome mosse dal vento sfiorano le auto parcheggiate in cortile.

Arriva un nuovo messaggio. Il telefono vibra sulla tovaglia. Elena conta i grissini poggiati su un cestino al centro. Si è riproposta di non usare il cellulare fino al termine del pasto. Quando il cameriere arriva, i grissini sono finiti, li ha rosicchiati con la voracità di un fumatore in una sala d'aspetto.

Nel piatto adesso ha una caprese. Prende la forchetta e infilza un pezzo di pomodoro che profuma di basilico. Sta per portarlo alla bocca, ma un dubbio trattiene la sua mano a mezz'aria. Non era un sms quello che ha ricevuto prima di scendere. Era il messaggio di una chat, niente a che fare con la pubblicità.

Con il coltello taglia i pezzi di mozzarella, li riduce di dimensione, ne mette uno in bocca, ma il boccone non va giù. Allora appoggia la forchetta nel piatto e torna a guardare fuori. Si concentra sui particolari del giardino: conta le siepi, le statue, le aiuole. Poi distoglie lo sguardo e si ferma sulla sala, sulle pettinature delle signore, sulle cravatte degli uomini dai capelli radi che mettono in mostra grandi orologi per colpire la fantasia di signorine poco fantasiose che siedono davanti a loro esibendo generose scollature.

A un tratto chiude gli occhi. Li tiene serrati qualche secondo e con la mano tasta la tovaglia fino a raggiungere il telefono. Poi li riapre. Sono già passati venti minuti da quando è arrivato il messaggio di Fabio.

Si guarda intorno. Le coppie che chiacchierano sorseggiando vino non la infastidiscono più. Fabio ha capito, ne è sicura, e sorride pensando che quella pausa nella loro strana relazione ha fatto bene a entrambi. Vorrebbe leggere il messaggio senza visualizzarlo, ma l'ansia è troppo grande, e allora lo apre.

"Molto probabilmente hai ragione su tante cose. Sono stato assente e non ho dato peso ai tuoi segnali. Comunque potevi anche telefonarmi. Io credo che, se il sentimento fosse stato forte come dicevi, avresti potuto aspettare qualche giorno. Potevamo incontrarci e potevi dirmelo in faccia. Vedi, io non ti ho mai creduta fino in fondo e lo sai. Ma hai fatto di tutto per dirmi che ero solo impaurito e che era tutto vero e bla... bla... bla. Ecco cosa non ti perdono. Sarebbe stato tutto diverso se mi telefonavi. A quest'ora sarei lì. Questo tuo 'abbandonare' con facilità mi ha fatto mettere in discussione tutto. Mi hai dato ragione con i fatti, mi hai dimostrato che facevo bene a non crederti. Io odio avere ragione, ma avevo capito subito che di mezzo c'era ancora lui... Non è gelosia, è realtà."

Elena legge d'un fiato. Rilegge due volte, e poi di nuovo. Non riesce a staccarsi da quel messaggio che la delude e al contempo la strega. Non c'è niente che lei tema, niente a eccezione del senso di colpa. È questo il potere che Fabio ha su di lei.

La sala del ristorante si svuota man mano mentre lei ha nel piatto ancora metà del cibo.

"Io odio avere ragione, ma avevo capito subito che di mezzo c'era ancora lui..." Rilegge la frase fino a consumarla. È deludente come un vecchio fotoromanzo. I minuti passano e non si accorge neppure del cameriere che ronza intorno al suo tavolo.

"Fabio non ha capito niente." La frase le mulina in testa e risucchia gli altri pensieri come un gorgo. È certa che la colpa del malinteso sia di Fabio. Non sa come lui possa essere arrivato a una conclusione così lontana dalla realtà. È sua la colpa, ne è convinta fino a quando non inizia a pensare l'esatto contrario. È un passaggio veloce, impercettibile. La rabbia verso di lui diventa frustrazione. Se Fabio non ha capito è perché lei non si è saputa spiegare, non è stata abbastanza brava a rassicurarlo, non è arrivata in tempo per strapparlo all'ennesima crisi. Elena è il carnefice, Fabio la vittima. Le bastano pochi minuti per entrare nella trappola che si è costruita da sola. O che ha costruito lui. È lui a proporsi come vittima, è lui a fare di ogni donna che incontra un carnefice involontario, è lui a insinuare in Elena una cieca ansia di riscatto da colpe inesistenti. "È così facile legare a sé una persona" direbbe Marco se fosse lì. "Basta saper addomesticare il tarlo che la rode." Riscatto da colpe inesistenti: è questo che la lega a lui, la incolla al telefono in attesa di un messaggio. "Ero già il suo nemico all'inizio" pensa Elena. "Anche il giorno in cui ci siamo incontrati ero già un'antagonista, mentre credevo d'essere un'amante." Con Fabio non ha scritto una storia. Ha recitato l'unica parte che ha trovato nel copione. C'era un solo ruolo libero nella sceneggiatura, quello della donna che non corrisponde l'amore ricevuto, che abbandona, che vanifica ogni sforzo e fa sentire inutili. Una donna cinica, algida, glaciale. Tutte le parole non sono servite a niente, Elena e Fabio hanno ascoltato solo ciò che volevano sentirsi dire. E dall'inizio Fabio ha cercato conferma alla sua futura delusione.

Il ristorante è ormai vuoto, le luci si abbassano. Il cameriere si avvicina. «Mi scusi, non mangia più?» Solo in quell'istante Elena si accorge che è quasi mezzanotte e che la cena è per metà nel piatto.

«Mi perdoni» dice sottovoce. «Mi perdoni.»

Si alza. Le è passata la fame. Il messaggio è stato come un allarme che suona all'improvviso e ti immobilizza proprio quando dovresti reagire. Non sa che fare, non sa dove ripararsi per sfuggire al pensiero di Fabio, delle loro conversazioni sconclusionate, delle loro litigate. Non sa come smettere di rimuginare sul loro stare male insieme. Vuole farsi perdonare, vuole essere perdonata per qualcosa che viene prima di lui, che con lui non ha niente a che fare.

È stato di cattivo gusto tirare in ballo Marco. Fabio non avrebbe dovuto, ma lei ha commesso l'errore di parlargli di Marco e dunque il torto è ancora una volta suo.

Attraversa la sala, raggiunge l'ascensore. Quando la cabina arriva al piano, le porte si spalancano e si trova di fronte a una decina di persone. Entra a testa bassa senza salutare. «I figli di genitori giudicanti hanno paura di non essere all'altezza» aveva detto una sera a Fabio, calandosi nel ruolo di salvatrice del mondo e di benefattrice capace di proteggere lui in particolare. «La paura li porta a rinunciare. Il timore del fallimento li obbliga a fallire. Dunque devo sottrarti alla tua paura» gli aveva detto.

Quando arriva davanti alla porta di quella che doveva essere la loro camera, Elena si rende conto all'improvviso che tra i "figli di genitori giudicanti" c'è, innanzitutto, lei stessa.

41

L'inchiesta andrà in onda tra una settimana. Cesare glielo dice al telefono, con calma, e le dà alcune indicazioni, identiche a quelle già fatte in passato per la messa in onda di altri lavori, ma Elena lo ascolta con sospetto. Le sta comunicando una data, niente di diverso dal solito. A lei fa l'effetto di una sentenza che non ammette negoziati.

Quando il cellulare squilla, è appena uscita dalla doccia. Si strofina i capelli con l'asciugamano e urta una bottiglietta di profumo che cadendo sul pavimento si frantuma spargendo pezzetti di vetro.

«Puoi consegnare il servizio domattina?» chiede Cesare.

Elena si guarda allo specchio. Lo shampoo le è andato negli occhi e una riga nera le attraversa una guancia.

Se risponderà "Sì", chiuderà in modo definitivo la porta da cui potrebbe ancora tornare indietro. Per questo finge di non aver sentito la domanda e, per la prima volta, fa una cosa che mai avrebbe immaginato di fare: chiude la comunicazione. Cesare richiama, e lei resta immobile a fissare nello specchio la riga nera, ci passa sopra la mano, mentre il cellulare si placa e poi squilla di nuovo.

È in cucina, sta preparando un caffè quando arriva un'altra telefonata. Ha abbassato la suoneria, vede lo schermo illuminarsi nel silenzio. È il numero della redazione. Non risponde neanche stavolta.

"Puoi consegnare il servizio domattina?" La domanda di Cesare le ronza in testa formulata in maniera diversa: "Vuoi consegnare il servizio domattina?".

«No.» La risposta è no. Non vuole affatto. «Non voglio» sussurra, e intanto apporta gli ultimi ritocchi al file che aveva già chiuso. «Non voglio» si ripete mentre prende il telefono, seleziona il numero di Cesare e gli dice: «Mi dispiace... è caduta la linea... Domani mattina verrò in redazione con il video».

"Non voglio" si dice ancora la mattina dopo, salendo in auto. "Non voglio" pensa mentre oltrepassa la barriera del casello autostradale, dopo aver impostato sul navigatore l'indirizzo della redazione come se avesse paura di sbagliare una strada che conosce benissimo.

"Un conto è dire e un conto è mostrare la realtà attraverso le immagini. Senza immagini la verità non parla." Cesare lo sottolinea di continuo. Elena sa che procurarsi le immagini è una delle difficoltà più grosse per chi fa il suo mestiere. Non serve a nulla aver capito come sono andati i fatti, non serve raccontarli. Conta mostrare al pubblico la carne e il sangue di cui è fatta la verità. Per questo ha chiesto a Giuliano di girare le riprese nella cava di suo padre.

In auto guida fissando la linea di mezzeria. Conta le gallerie, le piazzole di sosta, gli autogrill. Percorre sempre lo stesso tratto di strada quando va a consegnare un lavoro. È un rito sacro. Entrando in città conta gli alberi, le insegne dei bar, le fermate dei bus. Deve staccare, uscire dalla sua ossessione. Un'indagine può accompagnarla per mesi, può pensarci notte e giorno, finché le intuizioni non si trasformano in prove, documenti, interviste. Se non raggiunge questo traguardo, l'inchiesta non vede la luce e ogni sforzo va sprecato. Le è già successo. Il viaggio verso la redazione somiglia a un rito di passaggio. È sempre così. È come uscire da una vita vissuta intensamente per entrare in un'altra. E il dopo arriva solo quando ci si è liberati dell'incubo di ricevere richieste di risarcimento danni dalle persone o dalle società di cui ci si è occupati. Solo a quel punto Elena torna finalmente a respirare, a progettare nuove ricerche.

Accade sempre, lei ci conta, ma non accadrà questa volta, lo sa. Anche usando le immagini giuste, la verità non sarà rappresentabile. Per comprenderla è necessario essere stati coinvolti nel delirio che ha prodotto le conseguenze sotto gli occhi di tutti. Lei ne è stata parte. Adesso sa che la verità non è un punto statico d'arrivo, come ha creduto per anni, è uno stato che si attraversa, che muta di continuo e modificandosi ci trasforma.

Elena non è la stessa persona di un anno prima. Quando si guarda allo specchio vede una donna che non conosce. Mentre viaggia in macchina verso la redazione, la donna che ogni mercoledì scende in spiaggia per misurare a colpo d'occhio l'altezza del mare, quella che prepara due tazze di tè quando la notte è troppo lunga e vuota, le pare una matta. L'unica Elena in cui si riconosce è quella davanti allo schermo del computer, quella che, montando le immagini, non taglia le sequenze in cui compare suo padre. L'ha identificato. È tra gli uomini che spalano sabbia e la caricano sui camion. È lui il tizio che il tempo ha trasformato nella caricatura di se stesso. Non è più il giovane alto e bello dei suoi ricordi di bambina, non è più il latin lover di provincia, non è più il crudele padrone della sua vita, è un vecchio, e usa la poca forza che gli è rimasta per coprire con alghe e foglie il vuoto lasciato dalla sabbia rubata.

Mancano poche centinaia di metri all'ufficio. Elena mette la freccia e svolta nel parcheggio. Poi prende il telefono e seleziona il numero del professore.

«Ho finito» dice al cellulare. «È tutto finito.»

«Non credo...» risponde il professore. «Lo sa anche lei...»

«Mi auguro proprio d'aver finito. È stato molto difficile... Non voglio pensarci più.»

«Ne è proprio sicura?»

Elena non replica. Fuori dal finestrino un cartellone pubblicizza una vacanza per due persone su una spiaggia bianca, ritoccata al computer per apparire ancora più bianca.

«Verrà a vedere la puntata a casa mia?» chiede il professore. «Non mi pare una buona idea che lei resti sola...»

Elena continua a fissare il manifesto. Le viene in mente la stanza d'albergo in cui ha atteso inutilmente Fabio. Si ricorda ogni dettaglio, persino i disegni sulla tappezzeria che ha fissato a lungo mentre cercava la frase giusta da mandargli.

"Sarebbe bello che tu fossi qui" scrive a un tratto quella sera. Non rilegge e invia.

Poi si lava i denti, mettendoci il doppio del tempo. Dalla valigia tira fuori con calma gli abiti per il giorno dopo. Li appende con cura nell'armadio. Il mal di stomaco che le ha impedito di cenare è sparito. Si muove al rallentatore e resta qualche minuto affacciata alla finestra sul cortile vuoto. Quindi si stende sul letto. Il cellulare è poggiato sopra il comodino. All'improvviso si illumina. Sul display ci sono tre messaggi di Fabio.

"E allora la colpa sarebbe mia? Sono io che ho fatto e disfatto?"

"Continuo a dire: meno male che non ci ho mai creduto perché altrimenti la delusione adesso sarebbe troppo grande."

"Comunque è inutile parlarne ora, perché non posso più raggiungerti. Non ti perdono di avermi scritto quello che hai scritto, rinunciando a dirmelo di persona. Buonanotte. Domani sarai già lontana. Mi dispiace che, essendo a soli cinquanta chilometri di distanza, non siamo nemmeno riusciti a vederci per l'ultima volta."

Sono le otto del mattino quando Elena riapre gli occhi. Ha dormito vestita. Le succede ogni volta che ha la febbre. Nella stanza il silenzio sembra più spesso. Entro un'ora sarà sul treno di ritorno.

E poi accade qualcosa di strano, una coincidenza a cui ha ripensato di frequente. Senza di quella non avrebbe sofferto tanto.

Se Elena torna con la mente a quel giorno, si rivede scendere nella hall dell'albergo per la colazione. Il bagaglio è già pronto. La valigia è appoggiata contro la parete, troppo grande per un viaggio di lavoro di un giorno soltanto. Ci ha messo dentro troppe speranze e a casa dovrà disfarle.

Non appena varca la soglia per uscire dall'hotel, il caldo la assale. È mattina presto, ma si preannuncia una giornata insopportabile. La valigia è ingombrante, si incastra nei buchi dei marciapiedi dove mancano i cubetti di porfido.

La stazione non è lontana e le basta fare poca strada per notare un movimento insolito. Ci sono molte persone lungo la corsia dei taxi e sul piazzale. Alcuni sono seduti sui loro bagagli, altri sbuffano scrivendo messaggi sul cellulare. Anche il traffico intorno alla stazione è anomalo.

Il treno parte a breve e così accelera il passo, ma appena entra nella biglietteria lo spettacolo si fa surreale. Ovunque ci sono persone sedute a terra. I tabelloni degli orari riportano una lunga serie di cancellazioni e il ritardo più contenuto supera le sette ore.

Di fianco a lei due turisti giapponesi sono appoggiati alla parete, immobili. Fissano i tabelloni senza muovere le palpebre, al punto da sembrare finti, una specie di installazione artistica per confondere ulteriormente i viaggiatori. Sono impietriti davanti a numerose scritte rosse che scorrono con lo stesso identico messaggio: CAUSA GUASTO ALLE

CENTRALINE DI CONTROLLO I TRENI SUBIRANNO CANCELLAZIONI O RITARDI.

Il caldo all'interno della biglietteria sembra più soffocante. Troppe persone ammassate e poco ossigeno da condividere.

Elena si avvicina a un operatore per capire che sta succedendo.

Lui si asciuga la fronte con il fazzoletto, ha l'aria distrutta. «Un guasto» dice, recitando la frase che da ore ripete come un disco rotto. «La cabina di controllo del traffico ferroviario è stata danneggiata. È successo stanotte.»

«E il mio treno?» chiede mostrando il biglietto.

L'operatore alza la testa al tabellone, poi controlla sul tablet.

«Il suo treno è cancellato.»

42

«Si chiama "fracking"» dice Marco mentre beve una birra ghiacciata sgranocchiando noccioline. Sono nel Wisconsin. È il viaggio che hanno fatto insieme negli Stati Uniti.

Per trovare un locale dove pranzare percorrono chilometri, attraversano territori senza nome, monotoni appezzamenti di terra nuda.

"Desolazione" è la sola parola che viene in mente a Elena ripensando a quel paesaggio. Immensi terreni agricoli e forestali sono stati scorticati. La vegetazione è stata strappata via per arrivare a conquistare più in fretta una sabbia con caratteristiche particolari, adatta a essere sparata a pressione folle nel sottosuolo per perforare la roccia e far uscire il petrolio.

«Si chiama "fracking"» ripete Marco continuando a sgranocchiare noccioline. «È uno dei modi che hanno trovato per far saltare in aria il pianeta senza che nessuno se ne accorga.»

«Cosa intendi dire con "per far saltare in aria"?»

«Voglio dire che sparano una miscela che contiene sabbia silicea a diversi chilometri di profondità» spiega Marco senza enfasi, come se le stesse comunicando gli orari del bus. «La pressione è così forte da frantumare giganteschi strati di roccia. Si creano fratture a ragnatela, crepe lunghe e sottili in cui entra la sabbia e da cui escono idrocarburi. Non mi sento così tranquillo sapendo che le viscere della Terra stanno diventando fragili come biscotti.»

«Ma è una cosa da pazzi!»

«Non è da pazzi. Ma da uomini d'affari. La differenza tra i due gruppi, a volte, è minima...»

Elena si sente allo stesso modo davanti al tabellone su cui il codice del suo treno compare con a fianco la scritta CANCELLATO: attraversata da sottili crepe invisibili. Da un momento all'altro potrebbe sgretolarsi e franare a terra. Osserva le scritte rosse scorrere sul grande tabellone delle partenze. Una mano invisibile la sta trattenendo in quella stazione, in quella città a cinquanta chilometri da Fabio.

Esce dalla biglietteria trascinando il trolley. Sulle strade lastricate del centro le ruote fanno ancora più rumore. Il contrattempo la obbliga a restare in quella città, non è una sua scelta.

È invece una scelta quella di scrivere a Fabio.

Entra in un bar dove non c'è aria condizionata; le sembra di essere chiusa in una scatola di plastica. Sul soffitto una pala gira senza speranza. La radio è accesa e lo speaker sta parlando dell'incidente nella cabina di controllo dell'alta velocità. Il danno è talmente rilevante che tutta la rete ferroviaria è ferma.

Elena beve un cappuccino e pensa. Pensa che sarebbe un errore fermarsi lì ancora un giorno e non avvisare Fabio. Pensa anche che sarebbe un errore avvertirlo.

La cameriera la sta fissando. Lei non se ne accorge subito, e quella continua a tenerle gli occhi addosso.

Finisce il cappuccino e appoggia la tazza sul tavolo. Solo a quel punto si accorge di essere seduta sulla valigia e non sulla sedia.

Il bar adesso è vuoto. Dal telefono controlla le ultime notizie d'agenzia. Non è ancora chiaro il motivo del guasto e nessuno sa quanto ci vorrà per riparare il danno alla linea.

La cameriera si avvicina e le porge lo scontrino con il conto.

«Posso restare ancora cinque minuti?» chiede Elena alzandosi e avvicinandosi alla sedia. La cameriera annuisce, sembra aver capito che non ha davanti una matta ma un'esasperata, una categoria forse non meno pericolosa.

Mentre la ragazza si allontana, Elena apre sullo schermo del telefono una App di prenotazioni. Inserisce il nome della città, sceglie la tipologia della stanza d'albergo. Alla voce NUMERO OSPITI scrive 2.

La pala del ventilatore continua a mulinare. Elena alza gli occhi al soffitto e la osserva. L'elica gira veloce, un grande sforzo che non sortisce gli effetti sperati; l'aria è densa, quasi gommosa.

Elena sembra sotto ipnosi quando si decide a fare la cosa sbagliata. La definirà proprio così qualche giorno dopo: l'errore. È l'euforia a guidare la sua mano mentre scrive "Sai che un incidente ha bloccato la rete ferroviaria? Il mio treno è stato cancellato".

Passano pochi minuti e arriva un messaggio.

"Amoremio, sarò lì per le nove di stasera. Aspettami."

Pochi minuti dopo Elena cammina nelle strade affollate del centro, tra signore in abiti estivi sgargianti, tessuti colorati effetto jungla, pappagalli, leoni e baobab verdissimi. Il rumore del trolley sul selciato somiglia al rullare di tamburi in una parata. Cammina leggera, sorride alle persone con il volto stralunato per l'afa, i vestiti madidi di sudore. «Sono felice» dice Elena tra sé mentre sorride alle persone che incontra lungo la strada, a quelle nei dehors dei bar pieni di bambini che si arrampicano sulle sedie per mangiare le decorazioni di grosse coppe gelato, non prestando attenzione alle raccomandazioni delle madri che aspirano con lunghe cannucce bibite profumate.

Sembra il paese dei balocchi e i negozi hanno le porte

spalancate. Lei ci si ritrova dentro senza neanche accorgersene, finisce in uno di biancheria intima dove, appesa su un manichino, c'è una sottoveste nera con un cartellino rosso a indicare lo sconto. Elena controlla la taglia, è la sua.

Sta capitando qualcosa nell'universo e lei è al centro di un movimento inatteso. Non lo comprende, non le interessa capire. Vuole solo gustarsi il pomeriggio rovente che la condurrà alla sera, all'incontro con Fabio.

Passeggia senza meta per due ore e quando il sole del pomeriggio diventa brutale raggiunge l'albergo che ha prenotato. La camera è azzurra e spaziosa. Dopo una doccia si nasconde nella penombra delle persiane ad aspettare.

Nella valigia ha molti documenti da leggere. Si decide a tirarli fuori. Ne apre uno, due, cinque. Legge poche righe ma senza capire niente. Allora si stende sul letto, conta le decorazioni sul bordo del soffitto. Non sta vivendo il momento presente ma quello successivo, quello che deve ancora arrivare, un errore che commette sempre. Non è una donna fatta per le attese, ma le sembra di non poter più vivere senza qualcuno da attendere.

Nel negozio ha comprato anche due magliette. Ne indossa una e scende in strada per mangiare un panino. In lontananza c'è ancora il sole, incastrato tra le pendici delle colline che circondano la città. L'asfalto è colloso, inciso da forme irregolari che somigliano a tacchi di scarpe: devono essere affondati nel bitume quando si è liquefatto nelle ore più torride.

L'orologio sul bancone del bar segna le otto. C'è profumo di toast bruciacchiato. La giornata è stata risucchiata dall'ansia, dal desiderio di raggiungerne la fine, ma quell'ultima ora che la separa da Fabio sembra ingolfata, non scorre, si è fermata sulle lancette dell'orologio che non si spostano più.

La tv è accesa, sul grande schermo scorrono video musicali anni Ottanta. Il cameriere fa le pulizie al ritmo di un brano frenetico e ogni tanto le lancia delle occhiate, stupito nel vederla immobile sullo sgabello, con lo sguardo fisso, isolata dal mondo intorno a lei.

Alle nove meno dieci ritorna in albergo. L'asfalto emana un calore intenso, libera l'inferno che ha assorbito nel pomeriggio, mentre il profumo di fiori lontani si mescola con gli odori della città.

Alle nove precise è nella sua stanza. Fabio non c'è. Non ha mandato messaggi per annunciare l'arrivo del regionale in stazione, che è a poco più di cento metri dall'albergo, né ha detto se verrà davvero, se ha cambiato programma, se anche a lui sembra un errore incontrarsi di nuovo.

Elena oscilla tra la necessità di perdonarlo e il timore di aver sbagliato. Alle dieci è certa di aver commesso "l'errore".

Si alza dal letto di scatto. Le viene in mente una frase di Marco che non ha mai smesso di darle fastidio, nonostante le sue parole risalgano a tanto tempo addietro: «Tu ti disperi troppo, come se disperarsi fosse un verbo transitivo che porta a un risultato, come se piangere, per una che non sa piangere, fosse un lavoro da svolgere con cura». Marco le ha detto tante verità fastidiose, a iniziare da quelle su se stessa. Raramente lei ne ha tenuto conto e, se l'avesse fatto, ora non sarebbe lì, sul bordo del letto, a scrivere l'ennesimo messaggio a un uomo che può a ragione definire uno sconosciuto. Non sa niente di lui e lo dimostra la realtà: ogni volta lei sbaglia previsione sul suo comportamento. "Non desidero vederti," scrive. "L'incidente ferroviario di oggi non è un segno, non esistono i segni, se non nella testa di chi li interpreta come tali, è solo l'ennesima tappa di una storia insensata. Mi dispiace." Sta per premere invio, quando arriva un messaggio di Fabio.

"Amoremio, non sarai arrabbiata?"

Elena appoggia il telefono sul lenzuolo, toglie la suoneria. Dopo qualche secondo ne arriva un altro. "Amoremio, non ti arrabbi se ho fatto quella cosa che non vuoi...?"

Le manca il fiato. Cancella il messaggio che stava per inviare e scrive: "Che cosa?".

"Mi sono lasciato convincere dalla parrucchiera a tagliare un po' i capelli."

Rilegge. C'è proprio scritto ciò che ha appena letto. Affonda la testa nel cuscino. Fa un lungo respiro. Ha le guance rosse, gli occhi lucidi.

"Ma si può sapere dove sei finito?"

"Sto partendo ora... maledetti i treni... per le undici e mezzo sarò lì. Ti prego, amoremio, aspettami."

Lei non replica. Appoggia il cellulare sul comodino, poi ritrae il braccio, un movimento distratto. Chiude gli occhi per un attimo, ha un'esitazione. Con la mano tasta il polso, il braccialetto con il quadrifoglio non c'è più.

43

Elena ha dimenticato. Ha lavorato per dimenticare. Giorno per giorno ha eliminato i ricordi, li ha cacciati come mosche moleste, evitando di seguirli con il pensiero. Ma i dettagli di quella sera sono rimasti, vividi, come appena vissuti.

L'antidoto di rifugiarsi nel lavoro non ha funzionato, non poteva funzionare questa volta. Si sente accerchiata, nella sua mente non c'è un angolo in cui lei possa nascondersi, riposarsi, smettere di essere. Sono state le ultime riprese a metterla al tappeto.

Nel ricordo c'è una spiaggia, è notte fonda.

Ha una borsa a tracolla. Sulla fibbia è montata una telecamera nascosta. Giuliano la segue a piedi, si tiene a qualche metro di distanza. In mano ha un telefonino su cui scrive. Alla prima occhiata sembra che stia inviando messaggi. Difficile immaginare che lo schermo del cellulare sia invece il banco di regia da cui controlla i movimenti di Elena, ripresa da una seconda telecamera.

Lei è calma, pronta a mettere fine alla carriera criminale di suo padre.

Quando i camion arrivano sulla spiaggia, sa già tutto, è già proiettata in un tempo successivo rispetto al presente, un tempo in cui le è già noto il finale. Ciò che sta per vedere nell'obiettivo se lo figura da anni. È un film conosciuto. Non c'è sorpresa. Non c'è stupore. È il materializzarsi di un'ipotesi.

Il giorno dopo, davanti alle ulteriori immagini che Giuliano le mostra, è impassibile, distaccata, proprio come la sera in cui Fabio entra nella stanza d'albergo quando è quasi mezzanotte.

«Amoremio, mi perdoni? Spero almeno che hai cenato.»

Fabio indossa una camicia bianca e un paio di pantaloni di tela chiara. In mano ha una borsa da viaggio marrone. È abbronzato. Un ciuffo di capelli biondi gli copre la fronte. Sembra più alto.

Attraversa la stanza come se nulla fosse, parla del delirio che ha visto in stazione, del treno in ritardo. «E pensare che volevo prendere l'auto» dice ridendo. Parla del suo nuovo taglio di capelli, della sua resistenza davanti alla parrucchiera ostinata ad accorciarli sui lati. Descrive il panino mangiato al volo. Poggia sul tavolo una bottiglietta di spremuta d'arancia che ha comprato per lei.

«Come sei bella, amoremio. Scusami. Non mi ricordavo che eri bella così» sussurra passando un dito sulla scollatura della sua sottoveste.

L'immagine di Fabio nuota nella testa di Elena come una febbre, si sovrappone alle scene che Giuliano ha girato sulla spiaggia. È proprio suo padre l'uomo con la pala in mano, declassato al rango di operaio. Quando lo riconosce ha una vertigine. Si alza dalla scrivania con una scusa e va ad aprire la finestra. Dà le spalle a Giuliano per qualche secondo, il tempo di sentire l'aria fresca sulla faccia, il tempo di tornare a respirare. Suo padre prende ordini da delinquenti più scaltri di lui. È un pugile suonato, come Giuliano le aveva riferito senza sapere nulla di lui. Anche il fratello cattivo compare nelle immagini, prende ordini da qualcuno che gli fa segno di caricare la sabbia sui camion quando i mucchi da rubare si fanno troppo grossi e vistosi. Suo padre e suo fratello hanno in testa un cappuccio, difficile per chiunque riconoscerli, non per lei che saprebbe distinguerli in mezzo a una folla.

Mentre Giuliano le parla di questioni tecniche, Elena ha l'impressione di vedere Fabio al centro dell'inquadratura. Ma lui è nella stanza d'albergo, accarezza le spalle di Elena senza trovare resistenza, accampa mille scuse per giustificare il suo ritardo e lei lo ascolta seduta contro la testiera del letto, afflitta dal passare rapido dei minuti che li dividono dal mattino dopo, il giorno in cui si separeranno per sempre, anche se ancora non lo sanno.

Mentre Giuliano le fa domande sul montaggio del filmato, Elena pensa che quella sera, nella stanza azzurra dell'albergo, si è chiusa per sempre la storia con Marco, è affondata nell'abbraccio di quella notte con un altro uomo, uno sconosciuto, uno passato per caso nella sua vita, arrivato al momento giusto, al momento sbagliato.

Quando giunge il mattino Elena non è pronta.

«Amoremio, ci riabbracceremo presto, non posso stare senza di te» le dice Fabio.

Elena è stordita dai baci, incapace di vedere la loro fine in quelle parole che somigliano a un inizio.

È l'ultima volta che incontra Fabio. Lo ricorda di spalle, nel corridoio dell'albergo, mentre cammina verso l'ascensore e si volta per mandarle altri baci con la mano, poi si sposta dalla fronte il ciuffo biondo che copre i suoi occhi belli e inespressivi. Cammina con il suo passo dinoccolato, ma a un tratto lei lo vede franare, come una costruzione edificata sulle sabbie mobili all'arrivo di un sisma, quando il terreno si scioglie cancellando in un attimo illusioni di solidità.

Ci sono tanti messaggi dopo quel ricordo, tante promesse di vite nuove che non inizieranno. E poi c'è una mattina di agosto, sulla spiaggia. Elena è in piedi in riva al mare, conta i giorni che la separano da lui.

"Mi perdoni se sparisco?"

Questo è il testo del messaggio che riceve. Stenta a leggerlo, il sole è accecante e lei fatica a mettere a fuoco. Ride, lo interpreta come uno scherzo. Non è preparata alla verità, non a quella. Ha i piedi affondati nella sabbia, guarda le onde scivolare sulla battigia. Non è pronta, nessuno è mai fuggito da lei, è stata sempre lei ad andarsene. Non sa ancora che si può fuggire da qualcuno per troppo amore, che si può uccidere ciò che si ha di più caro per la paura che possa finire. Non sa che esistono uomini fragili, insicuri, uomini che per il timore di non essere all'altezza se ne vanno. Non sa che esistono persone capaci di raccontare a se stesse storie che non esistono per scampare alla propria solitudine. Come ha fatto lei.

Dovrà scegliere un'etichetta giusta per Fabio. Per ricordarlo, per dimenticarlo.

Così non replica subito al messaggio, cerca una battuta simpatica per continuare il gioco.

"Io credo nel libero arbitrio" scrive a un certo punto, seduta sotto l'ombrellone, con in testa un grande cappello che le nasconde il viso. "Non devo perdonarti perché non esiste il reato."

È stato il silenzio l'ultima risposta di Fabio.

44

Salendo le scale del condominio dove abita il professore, Elena pensa che si è innamorata di Fabio inventandolo dal nulla, come un amico immaginario.

Il professore la aspetta in soggiorno, ha appena terminato di mangiare la sua mela grattugiata. È un'abitudine incrollabile. Se ne fa preparare una dalla badante tutte le sere e la mangia dopo il telegiornale.

Le sembra più anziano, ma più felice, se felice è l'aggettivo adatto.

È la prima volta che Elena si allontana dalla redazione durante la messa in onda di una sua inchiesta. Di solito rimane in studio, incollata alla scrivania, fino a quando non è sicura di aver ricevuto l'ultima telefonata fonte di grane.

«Ha dubbi?» le chiede il professore, mentre con il cucchiaino rincorre i resti di mela sul fondo della ciotola.

«Ho *solo* dubbi» risponde lei, sistemandosi sul divano e cercando di non turbare l'ordine dei tanti cuscini perfettamente allineati.

«Bene» dice il professore, alzandosi dal tavolo e sedendosi sulla poltrona davanti alla tv. «Avere dubbi è segno che si è cercato di fare con onestà il proprio lavoro.»

La trasmissione sta per iniziare. Sulle note della sigla d'apertura Elena pensa che non doveva andare così. Cesare introduce la puntata, impeccabile come sempre. All'improvviso le pare strano di essere parte del mondo che vede adesso in tv, non le sembra vero di conoscere tutte le persone i cui nomi scorrono nei titoli in sovrimpressione. "Non è ciò che volevo" pensa Elena scivolando tra i cuscini del divano.

La casa del professore profuma di lavanda. In un vaso ce n'è un mazzo enorme che sa di fresco.

Anche la badante è davanti alla tv, poi si alza per andare in cucina a preparare la tisana. Un altro rito serale. C'è una grande pace nella casa, le abitudini scorrono ordinate, si scontrano con il disordine che Elena sente montare dentro di sé.

«Desidera una bevanda calda?» chiede il professore mentre sorseggia dalla tazza un liquido che odora di mandarino.

A un tratto Cesare le pare irriconoscibile. Lo schermo appiattisce i suoi lineamenti marcati e gli toglie espressione. Sta raccontando cosa accade nel mondo, sta parlando della sabbia come nuovo problema internazionale, sta sottolineando il pericolo dell'erosione delle coste e della scomparsa delle spiagge che ci proteggono dalla furia del mare. Sta anticipando uno scenario futuro di distruzione: *"La politica farebbe bene a considerarlo, prima che sia troppo tardi"*.

"È interessante" pensa Elena, come se quello in tv non fosse Cesare e lei non fosse la giornalista che ha rischiato la vita per documentare e filmare quel disastro.

"Abbiamo costruito sul bordo dell'oceano e il mare viene a riprendersi ciò che gli appartiene..." Inizia così il suo servizio. Il professore le lancia uno sguardo teso in cui le sembra di scorgere una scintilla di ammirazione.

"La tisana al mandarino è una buona alternativa al tè" pensa Elena, mentre le immagini scorrono e lei evita di guardarle negandosi il successo dopo una lunga fatica.

Il professore è silenzioso, concentrato sullo schermo.

"Non ho mai comprato una tisana al mandarino" si dice Elena. "Dovrò acquistarne una scatola la prossima volta che andrò al supermercato."

Il filmato prosegue con la sua voce in sottofondo. Lei non guarda, ha distolto gli occhi dalla tv dopo la scena in riva al mare in cui persone senza volto con abiti sudati e sporchi sono inconsapevoli attori di un film senza lieto fine.

Ha sognato per anni questo momento. L'ha progettato nei dettagli, ma oggi scopre che la medaglia del rancore non ha la gioia sull'altra faccia.

Le pare tutto lontano. La storia che sta raccontando non le appartiene più. Non sono più sue le frasi che commentano il filmato, non sono più sue le analisi. Le prove dell'evidente incapacità dell'uomo di fermarsi, di non violare i limiti che la natura impone, adesso sono a disposizione di tutti.

Il professore sembra ipnotizzato da ciò che vede, una sonora manata sul bracciolo della poltrona accompagna una frase che grida euforico, allentando la cravatta di maglia che gli pende sul gilet: «Allora avevo ragione!».

Quando il servizio si conclude, Cesare torna in primo piano. In volto ha un'espressione compiaciuta. Termina il suo commento elencando i numerosi luoghi del mondo che rischiano di essere sommersi. La costa marina dove Elena ha vissuto la sua infanzia fa parte dell'elenco.

"Questa è la situazione che si prevede entro il 2100" conclude Cesare. *"Se non si agisce subito, sparirà gran parte del mondo che abbiamo conosciuto."*

Il professore spegne la tv. Si volta verso di lei, che è già in piedi, ha infilato la giacca che teneva sulle spalle, ha la borsa a tracolla e sulle labbra un cenno di saluto.

"Ho bisogno di buio" pensa Elena raggiungendo il pianerottolo.

«A presto» dice il professore dalla poltrona, mentre la

badante le apre la porta. «Un lavoro ottimo. Mi sento liberato!»

"Ho bisogno di buio" si dice Elena scendendo le scale e attraversando l'androne.

In strada una folata di vento le accarezza il viso.

45

Cesare la chiamerà a minuti. Elena non vuole essere a casa quando il telefono suonerà.

Cerca la sua auto tra quelle parcheggiate. Non ricorda esattamente dove l'ha messa, non si è mai lucidi quando si rincorre una questione privata. A un tratto la riconosce in mezzo alle altre, la raggiunge camminando in fretta. Poi si ferma a un metro e si affaccia al parabrezza per controllare da fuori l'interno dell'abitacolo. La lettera c'è ancora.

Apre la portiera e sale, appoggia la borsa sul sedile a fianco, accanto alla busta. L'ha trovata nella buca della posta qualche giorno prima. È ancora chiusa, perfettamente sigillata. Il nome del mittente è quello di sua madre.

Elena imbocca la strada che porta fuori dalla città, verso le spiagge. È una serata tiepida, tiene il finestrino abbassato. Guida con una mano fuori dal vetro per catturare la notte.

In giro non c'è nessuno. È ottobre. Gli stabilimenti balneari hanno ritirato sdraio e ombrelloni, anche i chioschi dei bar sono chiusi. Sulle cabine ci sono ancora le pubblicità dei gelati. Quando un'insegna indica il nome del suo paese, Elena mette la freccia e costeggia il mare.

A un tratto il telefono suona, sullo schermo illuminato c'è scritto CESARE.

Accosta. Spegne il motore. L'infrangersi delle onde sul molo le ricorda le prime domeniche d'autunno, quando iniziavano le scuole e lei faceva i compiti sulla spiaggia.

«La Procura disporrà l'acquisizione del tuo servizio» dice Cesare senza neanche salutarla con una frase di rito. «Entrerà a far parte della documentazione per un'inchiesta che vogliono aprire. Me lo hanno detto in via ufficiosa. Hai fatto un gran lavoro, davvero.»

Elena fa un cenno con il capo, come se Cesare potesse vederla. Poi torna a osservare il mare fuori dal finestrino, la monotona costanza delle onde che vanno e vengono, inconsapevoli della loro forza, della loro potenza naturale.

Cesare parla e lei lo sente a scatti. Gli auricolari funzionano male e tagliano alcune sillabe rendendo le parole zoppe, in bilico. Mentre stacca il cavo delle cuffie e lo reinserisce, sullo schermo compare un messaggio. "Brava!!" È scritto con due punti esclamativi. Non le è mai capitato di ricevere un messaggio così enfatico da Marco.

«Ci vediamo in redazione in settimana» dice Cesare. «Guarisci presto, mi dispiace che tu sia dovuta restare a casa con la febbre proprio stasera.»

«Non preoccuparti, è un malessere passeggero, finirà presto. Grazie.»

Elena chiude la telefonata e resta per qualche istante con gli occhi puntati sul molo in lontananza. Un'onda più alta delle altre si infrange sugli scogli e gli spruzzi sembrano un fuoco d'artificio bianco. Gira la chiave nel cruscotto, ma ha un'esitazione. Sul cellulare che ha sistemato nel supporto dietro al volante scorrono alcuni post, uno è di Fabio. Elena si avvicina allo schermo per leggere. È una battuta sgrammaticata su una serie televisiva. La serie è andata in onda su un canale commerciale alla stessa ora in cui hanno trasmesso la sua inchiesta.

Sorride, si passa una mano sotto gli occhi, e sorride di

nuovo guardandosi nello specchietto retrovisore. Si sistema i capelli, poi mette in moto.

Mancano pochi chilometri al suo paese, ci arriva percorrendo una strada tortuosa, poco trafficata. Lo raggiunge dall'alto, attraversando un nucleo abitato e proseguendo fino alla collinetta che sovrasta la cava di suo padre. Parcheggia nel primo tratto di strada libera. È un punto poco illuminato, ma lei conosce bene i luoghi. Fa qualche passo, si sporge. Oltre la collina c'è altro mare, profonda acqua nera. Sotto la scarpata ondeggiano deboli luci. È il cimitero. Là c'è suo fratello Luigi.

L'aria è fresca, Elena prosegue lungo un sentiero ripido. Poi si ferma. Sul pianoro intravede una specie di igloo verde scuro. Le serve un attimo per metterlo a fuoco, per rendersi conto che è la baracca degli attrezzi costruita da suo nonno. La vegetazione l'ha ricoperta, avvolgendola in un guscio protettivo.

Sale ancora. Gli arbusti si impigliano al risvolto dei pantaloni, sembrano volerla trattenere a terra come tentacoli. Ha paura.

Il sentiero è sconnesso. L'erba umida, scivolosa, i rovi pungono attraverso la stoffa. Elena sale. Ha paura. Si arrampica ancora aggrappandosi alle sterpaglie nei punti in cui il terreno frana.

Il fiato si accorcia, non è più allenata per le corse che faceva da bambina su quella salita. È là che ha trascorso le ultime ore prima di partire, tanti anni prima. Da quel punto si vede casa sua.

Ha paura di non trovare ciò che cerca, una paura forsennata di restare delusa.

Le gambe le fanno male ma sale ancora, fino a un secondo pianoro. Quando sta per raggiungerlo, chiude gli occhi. Fa qualche passo alla cieca, respirando l'umidità che si leva dal prato. Poi riapre gli occhi. La vegetazione è rischiarata dalla luna e da stelle così brillanti come se ne vedono solo allontanandosi dalle luci della città.

Si guarda intorno. È tutto come l'ha lasciato. Poi ha un sussulto. Una sola cosa è diversa. Davanti a lei ci sono due alberi che non ha mai visto. Non li ha mai visti eppure le sono familiari. Si avvicina, osserva la forma delle foglie. Sono due grandi tigli, tanto vicini l'uno all'altro che le loro chiome sono intrecciate.

Elena è immobile, le labbra socchiuse, gli occhi spalancati. La borsa le cade a terra, la giacca le scivola dalle spalle. Nella sua testa il cuore è impazzito. "Non devi avere paura." Mentre crolla sull'erba le pare di sentire la voce di un bambino. "È dei grandi che bisogna aver paura, non di noi piccoli che non facciamo male a nessuno."

Dopo qualche secondo solleva di nuovo la testa. La voce è sparita. Ha freddo. Sopra di lei vibrano le foglie dei due alberi. Tasta il terreno per cercare la giacca, se la infila, si passa le mani sul viso. Un fruscio improvviso rompe il silenzio. Si alza. Sui pantaloni ha un po' di fango. La confusione di prima si è trasformata in una strana calma.

Fa qualche passo verso i tigli e si accorge che la parte bassa dei tronchi è liscia, la corteccia è stata rimossa. Qualcuno deve averla scrostata molto tempo prima perché è più lucida rispetto alla parte alta del tronco. Tira su la borsa, prende il telefono e con la torcia illumina meglio i tronchi. Su entrambi le pare di scorgere un segno in rilievo, sembra una scritta. Punta il fascio di luce su quello a destra. Nel legno è inciso il nome ELENA. Poi sposta la torcia sull'altro tronco, su cui legge quattro lettere: RAFF.

Il telefono le scivola dalle mani e la luce guizza per un attimo fino a sparire. Raffaele. Deve aver intagliato lui i tronchi. Deve averlo fatto quando lei è fuggita. Non ha dato peso a quell'amore, l'ha lasciato scivolare via, l'ha perso come acqua nella sabbia.

All'improvviso le sembra di non essersene mai andata. Le pare che non sia esistita altra vita dopo quella passata lì, sulla collina, proprio sopra casa sua. Ha attraversato il mondo, eppure è rimasta.

"Forse c'è ancora tempo..." È la stessa voce che ha avvertito poco prima. La sente di nuovo proprio mentre volge lo sguardo alle luci sulla costa. "Forse c'è ancora tempo..." Si strofina il viso con le mani. Poi guarda giù. Un susseguirsi di moli, frangiflutti, porti. Li rivede nel sole bianco dell'estate. Si stropiccia gli occhi. A un tratto le sembra di capire. È una verità semplice, l'ha sempre avuta davanti.

"Ho cercato amore" pensa Elena. "Cerca amore chi non ne ha ricevuto abbastanza. Mi è parso di afferrarlo, ma era la sua ombra. Ho provato a trattenerlo costruendo sbarramenti, come si costruiscono moli per proteggere la sabbia. Ma è così che l'amore non ritorna, trattenendolo."

Ringraziamenti

Sono molte le letture e le persone che devo ringraziare.

Un grazie speciale a chi è entrato in questo libro (più o meno) inconsapevolmente.

Spero di contribuire a far crescere la sensibilità su un tema che ci riguarda tutti: il nostro domani. Gli azzardi degli ultimi decenni ci hanno messo a serio rischio e adesso è venuto il momento di riappropriarci del futuro.

Ringrazio chi spende ogni giorno della propria vita per cercare la verità e farla conoscere, in particolare Vince Beiser, giornalista d'inchiesta americano.

Un grazie sincero alla Biblioteca Universitaria di Pisa che conserva gli atti del *Convegno per la difesa del litorale toscano,* del 23 maggio 1966.

Questo volume è stato stampato nel mese di dicembre 2020
presso Grafica Veneta S.p.A. di Trebaseleghe (PD)